谷崎潤一郎
テクスト連関を読む

安田　孝

翰林書房

谷崎潤一郎　テクスト連関を読む◎目次

谷崎潤一郎と木下杢太郎

1

谷崎潤一郎は、『新思潮』の同人になり作家としてデビューするまでの時期を、当時つきあいのあった人々のことに触れつつ回想した文章を、一九三二年九月から三三年三月にかけて『中央公論』に発表した。これを一書にまとめ『青春物語』と題して刊行するのに際して、装幀を東北大学医学部教授で仙台に住んでいた木下杢太郎に依頼した。この人選は妥当なように思われる。木下杢太郎は與謝野寛の設立した東京新詩社に加わり『明星』に作品を発表した。一九〇八年十二月には北原白秋、吉井勇、石井柏亭たちとパンの会をはじめ、一九〇九年一月に創刊された『スバル』の有力なメンバーとして盛んな執筆活動を展開した。谷崎が回想した時期をともに生きた者の一人なのである。ところが、『青春物語』を読むと、意外な感がする。杢太郎に関わるエピソードが全く述べられていないからである。杢太郎については、『スバル』、『三田文学』、『新思潮』の同人たちが顔を合わせたパンの会の出席者を列挙した一節にわずかに名前が記されているにすぎない[1]。

今一寸思ひ出しても、與謝野鉄幹、蒲原有明、小山内薫、永井荷風、石井柏亭、生田葵山、伊上凡骨、鈴木鼓村、木下杢太郎、久保田万太郎、江南文三、吉井、北原、長田兄弟、岡本一平、恒川陽一郎……と、いくらでもその晩の顔ぶれを浮かべることが出来る（…）。

これと対照的なのが吉井勇に関わる回想である。吉井は『青春物語』の冒頭に「我が中学の同窓である吉井勇君」と記されているばかりではない。例えば、大勢の人の前で小山内薫が吉井の戯曲の悪口を言ったところ、吉井が「そんなことを云つたつておめへには書けめへ」とタンカを切ったというエピソードを記している。これは若い頃の吉井の様子を伝えるものであろう。

谷崎は、一九三三年五月二十四日付けの木下杢太郎宛ての書簡で、杢太郎に装幀を依頼するとともに、吉井に序文代わりの「和歌」を作ることを依頼し、吉井の承諾を得たことを述べている。杢太郎は画家になろうと考えたこともあるという。谷崎はグラフィックデザインの方面における杢太郎の仕事を印象深く覚えていたのかもしれない。杢太郎は、白秋の『邪宗門』（一九〇九年三月）、『東京景物詩及其他』（一九一三年七月）や吉井の『酒ほがひ』（一九一〇年九月）に独特な味わいのある挿絵を提供した。『新思潮』一九一一年三月号の表紙には杢太郎の描いた絵が用いられた。

谷崎のあつかましさにいささか閉口したかも知れないが、この装幀の依頼は杢太郎の心を動かしたようである。谷崎が依頼する前に中央公論社の方から杢太郎に意向を打診したらしい。杢太郎は、出版部長の雨宮庸蔵に宛てた五月二十五日付けの書簡で、次のように述べている。

復啓貴翰並ニ谷崎君青春物語切抜確ニ落手仕候　奘幀《ママ》之御依頼ニついても考慮仕候　尤も小生近来余り彩画之事ニ親しまぬ故ニ仕上まで完成のことハ困難かと考へ候意匠ニ関して工夫致すべく候

『青春物語』の装幀は藍・浅緑・黒・エンジ・タイシャの縦縞をあしらったもので、[2]『木下杢太郎画集』第四巻（用美社　一九八七年四月）に杢太郎が描いた原画とともにその図版が掲載されている。同書に収録された富士川英郎氏の文（無題）によると、一九三三年十月に創刊された『書物』（三笠書房）の編集後記には「『青春物語』の装釘が、どんなに出版界に大きなセンセエションをまきおこしたことか。」と述べられているという。評判になったようだが、杢太郎が最初からこの図案に決めていたわけではないことは富士川氏の文に詳しい。杢太郎の「本の装釘」（『文学』一九四三年一月）によると、はじめは「いろいろの蛇、殊に台湾の紅、藍、色あざやかなのを雑ぜて気味わるく美しい文様」にしたのを用いようとしたが、思うようにいかないのでやめた。次に「開いた山百合の幾つかの隙間にルノワアルばりの裸形の女を、ちやうど朝鮮の李王家の美術館に在る葡萄の蔓の間に唐子を染付けた水差の模様のやうにあひしらはうかと思つたが」、裸婦をデッサンすることができなかったのでやめた。どちらの図案も『木下杢太郎画集』第四巻に図版が掲載されている。同書の「解説」で新田義之氏は、山百合に裸婦を配した図案は二年ほど前に描いてあったものを作り直したと指摘し、谷崎の依頼に対し杢太郎は「かなりの見通しを持っての受諾であったのだろう。」と述べている。たしかに蛇の図案にしろ山百合に裸婦を配した図案にしろ、「悪魔主義」と評されたこともある若き日の谷崎の文学のイメージをよく表わしているにちがいない。杢太郎が「近来余り彩画之事ニ親しまぬ」といいながらいろいろ「工夫」をこらしたのは、『青春物語』によって当時のさまざまなことどもを思い起こしたからであろう。

2

谷崎は、「現代口語文の欠点について」(『改造』一九二九年十一月)で次のように述べている。

明治の文人が維新以来の時勢に応じて口語体と云ふ自由な文体を創めたことは、平安末期の和漢混交体と共にたしかに文学史上に於いて特筆される功績であつた。さうして又、それと同時に西洋風の調子の云ひ廻しを取り入れたことも、当時に於いては必ずしも無益な努力ではなかつた。それはあの頃に於ける歐米模倣の一般風潮に捲き込まれた結果ではあらうが、さうだとしても、一度は通つて来なければならない道程であつたかも知れない。

「必ずしも」とか「かも知れない」とかハギレがわるいが、これを書いた当時の谷崎の立場を考慮する必要がある。周知のように谷崎は一九二三年九月の関東大震災を契機に京阪神地方に移り住んだ。一九二八年には兵庫県岡本に転居した。自分の好みに任せた家を建て定住するつもりだったと思われる。のちに「陰翳礼讃」(『経済往来』一九三三年十二月、三十四年一月)や『文章読本』(中央公論社　一九三四年十一月）でしきりに「含蓄」を説くことになるが、「現代口語文の欠点について」にはその萌芽ともいうべき見解が認められる。「西洋人と云ふものは分り切つた手順を馬鹿ていねいに記して行くので、そのために非常にまどろつこしい。」という立場からすれば、「西洋風の調子の云ひ廻しを取り入れたこと」に今では同意しがたかったのであろうが、「一度は通つて来なければならない道程であつた」と谷崎が考えていることを見すごすわけにはいかない。

ついで谷崎は「有りていに云ふと、われ〳〵の口語体が最も西洋臭くなつたのは自然主義勃興前後の時代、ちやうど私などが文壇へ出かゝつてゐた時分から」であると述べている。まさに『青春物語』で回想した時代にあたる。谷崎は自分のもくろみを次のように述べている。

> 故有島武郎氏は小説を書く時しば〳〵最初に英文で書いて、然る後にそれを日本文に直したと聞いてゐるが、われ〳〵は皆、出来たらそのくらゐのことをしかねなかつたし、出来ない迄もその心組みで筆を執つた者が多かつたに違ひない。（…）斯く云ふ私なぞ今から思ふと何とも耻かしい次第であるが、可なり熱心にさう心がけた一人であつて、有島氏のやうな器用な真似は出来なかつたから、その反対に自分の文章が英語に訳し易いかどうかを終始考慮に入れて書いた。西洋人はかう云ふ云ひ廻しをするだらうか、西洋人が読んだらどう思ふだらうか、と、それがいつも念頭にあつた。

これを谷崎個人の「西洋崇拝」に還元してしまうことはできない。木下杢太郎も同じような思いを抱いていたからである。

然し日本の油画は草創の後程もなくて、西洋のものとの間に大きい懸隔があるから、第一に両者の水準の差を徹するといふ事が大きい仕事である。であるから今の翻訳の時代に於いては、予は生中《なまなか》な「日本の油画」より根柢ある翻訳と、並に「純然たる西洋人らしい眼で日本の自然を見た油画」とを崇ぶ。

（「文部省展覧会西洋画評」『読売新聞』一九〇八年十一月）

杢太郎は「之が予をして「牧師の家」より「ボルクマン」「夜の宿」を（…）歓迎せしむる所以である。」という。中村吉蔵の「牧師の家」（一九一〇年）が「日本の油画」に、「ボルクマン」「夜の宿」（前者はイプセンの作、後者はゴーリキの「どん底」であり、どちらも自由劇場で上演された）が、「根柢ある翻訳」に該当しよう。

杢太郎にとって永井荷風は「純然たる西洋人らしい眼で日本」の現状をとらえた作家であった。

永井荷風氏の『深川の唄』や「監獄署の裏」などが、そのまだ日本慣れない目で（幾分か異国人風になつた目で）昔からの"Yamato Land"を見たといふ点に於て、彼の余程日本なれのした「すみだ川」や「冷笑」などより面白い。

（「屋上庭園」卓の一角欄）

荷風は「帰朝者の日記」（『中央公論』一九〇九年十月）で「真の文明の内容を見ないから、解しないから、感じないから、日本の欧洲文明の輸入は実に醜悪を極めたものになつたのだ。」といい、「丁度過渡期の乱雑な日本の状態を堪へられぬ程不潔に感じさせ」ると記している。ここには、谷崎の「われ〳〵の書く口語体なるものは、名は創作でも実は翻訳の延長と認めてゐ〻。」という考えや杢太郎の「今の翻訳の時代」という考えに通底するものが認められよう。『青春物語』は荷風にささげたオマージュともいえる。

尚もう一つ、私を力づけたのは荷風先生の「あめりか物語」の出現であつた。私は大学の二三年頃[3]、激しい神経衰弱に罹つて常陸の国助川にある偕楽園別荘に転地してゐる時に、始めて此書を得て読んだ。(…)私はひそかに此の人に親しみを感じ、自分の芸術上の血族の一人が早くも此処に現れたやうな気がした。

先に触れたパンの会について述べた一節では初めて見た荷風の容姿を鮮明に描いているし、『三田文学』に掲載された荷風の「谷崎潤一郎氏の作品」を読んでいかに感激したかを述べている。杢太郎も荷風の動向に注目していた。

嘗つて自分が永井氏の『深川の唄』を読んだ時、このさとの哀れ深い生活が氏の豊麗な才筆に取り入れらるるといふ事を如何に喜ばしくも亦妬ましくも感じたつたらう。

(「市街を散歩する人の心持」『女子文壇』一九一〇年一月)

『深川の唄』について次のようにも評している。

見よ、「一」は「二」の末段の深川の憧憬の対照には為つて居ないではないか。対照にする為めにはもつと憎悪の眼を持つて圧迫するところの東京を見返さねばならぬ筈だ。

（「二月の小説」『スバル』一九〇九年三月）

荷風に対し不満を述べているが、杢太郎が荷風におおいに期待したためについもらした不満なのである。アメリカやヨーロッパで暮らしたことのある荷風なら「過渡期の乱雑な日本の状態」を徹底的に批判しなければならないというわけである。

「地下一尺録」（『スバル』一九〇九年二月）では『早稲田文学』に掲載された島村抱月の「歐洲近代の絵画を論ず」に不満を抱き、次のように述べている。

其主なるものは、哲学的には可也考へてあるらしいにも拘らず、洋行して親しく各国の名画を目覩し得たる論者の観察としては、論者自身の眼の労力が甚だしく吝まれて居るといふことだ。

外国で実際に絵画作品を見る機会に恵まれたのなら、議論を展開するよりも自分が観察したところを詳しく述べてほしいというのである。高村光太郎の評論はその点で杢太郎を満足させるものだった。『明星』に短歌など発表したことのある光太郎は一九〇六年二月にニューヨークに行き、一年あまり過ごした後、一九〇七年六月にロンドンに移り、一九〇八年六月にパリに移った。光太郎はパリから『スバル』に寄稿するはずであったが、第四号（一九〇九年四月）に「巴里より」を発表しただけで七月に帰国した。山口徹氏の「文芸誌『スバル』における「椋鳥通信」」（『早稲田大学教育学部 学術研究―国語・国文学編―』第53号 二〇〇五年二月）によると、「巴里より」に「申しわけ程度に添えられたパリの最新文化情報」である「フランス演劇史に名を残すコクラン兄弟」の死を伝える一行は正確なものであり、鷗外はコクランが父子だと誤解し訂正を繰り返したという。光太郎の「出さずにしまつた手紙の一束」（『スバル』一九一〇年七月）には次のような一節がある。荷風の「帰朝者の日記」が思い起こされよう。

僕は故郷へ帰りたいと共に又故郷へ帰つた時の寂しさをも窃に心配してゐる。あの脛の出る着物を着て、黴の生えた疊に坐り、SPARTA の生活から芸術を引き抜いてしまつた様な乾燥無味な社会の中へ飛び込むのかと思ふと此も情なくなる。

光太郎は「VAN DONGEN の展覧会」を見た感想を次のように述べている。これこそ杢太郎の願いをかなえるものであろう。

彼は色彩狂である。彼は僕等の胸に蟠つてゐて口にも出せず筆にも書けぬ程強烈極まる気分の激動をぴたりぴたりと画布の上に投げつけて行く人間である。（…）画布を突きぬき相な原色と原色とが互いに相剋して、微動しながら耳に聞えない音響を発してゐる。彼は全く生《なま》の色を駆使してゐる。朱、紺青、黒、緑、銀灰、菫、紫。此が大きな面に大きく着いて居るのだ。

「緑色の太陽」（『スバル』一九一〇年四月）の次の一節も、絵画作品を実際に観察して得た見解であるといえよう。

人が「緑色の太陽」を画いても僕は此を非なりとは言はないつもりである。僕にもさう見える事があるかも知れないからである。「緑色の太陽」がある許りで其の絵画の全価値を見ないで過す事はできない。絵画としての優劣は太陽の緑色と紅蓮との差別に関係はないのである。

李太郎は、「島国の民として海のあなたの栄光にあくがれたるものも亦無数である」として人名を列挙し、「更に近くは永井荷風氏がある。高村光太郎氏がある。」（「屋上庭園」卓の一角欄」『屋上庭園』第二号　一九一〇年二月）と述べている。李太郎は、「日本現代の洋画の批評に就て」（『スバル』一九〇九年五月）で、絵画作品を批評する場合どのような観点があるのかという問題を検討した。光太郎のズバリ核心をつく評論は李太郎を承服させた。「外法来」（『読売新聞』一九一〇年七月）では「緑色の太陽」に言及する一方、有島生馬に対し、「吾人は氏の芸術に高村光太郎氏の所謂「真険でない所があり、所謂詩的な所があり、舌に残る甘さのあるのを感ずるのである。」と述べている。

3

荷風の「帰朝者の日記」の書き手は、「自分は西洋の芸術が日本の国土に移し植ゑられたにした処で、果して其れが爛漫たる花を開き得べきものか否かを考へた。これは久しい以前から自分の心中に往来して居る問題で、今に始つた事ではない。」といい、パリで留学中の画家から聞いたこととして、次のように記している。

（…）日本人の女の顔ばかりは到底表情深く描く事が出来ない。（…）いくら我々は洋画を研究しても一度び欧洲の地を去れば、忽ち描くべきモデルを見出す事が出来なくなる。我々日本の洋画家が島田や銀杏返の女の裸体画に成功しない限り、洋画は日本の生活とは一致しないものだ（…）。

これは、のちに岸田劉生や小出楢重が取り組むことになる問題である。そして、文学ばかりでなく絵画にも関心のあった杢太郎にとっても問題だったはずである。どのように努力しても、「西洋のものとの間」にある「大きい懸隔」をなくすことはできないのではないか。

野田宇太郎は『パンの会』（六興出版社　一九四九年七月）で「パンの会はエキゾチシズムの運動でもあったが、エキゾチシズムのための消極運動ではなかった。彼等の目標は世界性の文学への行進であり、よりよき美術、よりよき文学の建設にあった。」と述べているが、ここには杢太郎をとらえたはずの絶望感が認められない。なぜ「貧弱で」「情趣のない」（ことを承知の上で）西洋料理屋をパンの会の会場に選んだのか。野田のように「明治初年のエキゾチシズムの残渣や下町的浮世絵趣味がこびりついた西洋料理屋が発見されて、彼等の能動的な新しい異国情調を幾分満足せしめることになったのである。」と解することはできない。かといって、中村光夫の『谷崎潤一郎論』（河出書房　一九五二年十月）にならって「浅薄な西洋崇拝」だと否定するつもりもない。極論するなら、日本の料亭の畳を敷いた座敷でなく、イスとテーブルがありさえすればよかったのである。「帰朝者の日記」の書き手は次のように記している。

松の林の彼方に幽《かすか》な波の音がして、真青な海は間もなく曲つた木の幹の間から見え初めた。処々に大きな岩が立つてゐる。自分は直ぐと地中海を思出した。今目の当り見る景色が其れに似て居ると云ふのでは決してない。明い日光、青い海、赤い岩……と自分が勝手に考へ出した名詞其のものが、南欧の風景を想像せしめたからである。

書き手には眼前の風景がかつて見た「南欧の風景」に似ている必要はない。陽のあたっている海があり、それに触発されて自分の「想像」力が「南欧の風景」を思い描くことができればよいのである。ましてて「ふらんすへ行きたしと思へども／ふらんすはあまりに遠し」(4)と思っていた杢太郎には木造の西洋料理屋でさしつかえなかった。ときには「想像」力が働かないことがあるにしても。

哀れに物がなしい感じを与へるものだと云ふことをゾラの「コンケキルの祭」で読んで居たからキュラソオの酒を飲んでみた。甘く、舌に重くつてあまり気持ちがよくない。榧の実を啜るやうな味がどこやらにする。

（木下杢太郎「六月の夜」『スバル』一九〇九年十一月）

書物から得た知識をもとに、隅田川をセーヌ川とみなし、木造の西洋料理屋をパリのカフェとみなし、パリの美術家や詩人と同じく文学、芸術に志す青年たちが寄り集まったのがパンの会であった。『スバル』第一号の「雑録」に「『PAN の会』と申す青年文学者芸術家の談話会の第一会《ママ》、本月十二日両国公園前『PAN の会』会場にて催され候」と述べられている。(5)

杢太郎は「純然たる西洋人らしい眼」でいまだ江戸の情調を残している東京の下町に生きる人々の「哀れ深い生活」を描こうとした。荷風の『深川の唄』との関わりが考えられよう。「蒸気のにほひ」（『明星』一九〇七年三月）では若いころ船乗りだった老人にスポットをあて、「荒布橋」（『スバル』一九〇九年一月）では橋の周辺で貧しい暮らしを営む人々を描いた。ところで、荒布橋は江戸橋の北東にあった。江戸橋のそばには「高い郵便局の時計台」がそびえ、すぐ近くには小林清親の浮世絵で有名な第一国立銀行がそびえていた。渋沢栄一は東京港を築造し、そこから交通の便がよい江戸橋周辺を経済活動の中心にするプランをたて、銀行や株式取引所を設立した（横浜の実業家たちの反対などによって東京港築造はこのとき実現しなかった）。谷崎は、幼いころの記憶として次のように述べている。

私は又、茅場町の方から渡つて、上流の兜町の岸にある澁沢邸のお伽噺のやうな建物を、いつも不思議な心持で飽かず見入つたものであつた。（…）あの川の縁の出つ鼻に、ぴつたりと石崖に接して、ヴェニス風の廊や柱のあるゴシック式の殿堂が水に臨んで建つてゐた。（…）あの出つ鼻をちよつと曲れば直ぐ江戸橋や日本橋であるのに、あの一廓だけが石版刷の西洋風景画のやうに日本離れのした空気をたゞよはしてゐた。

（「幼少時代」『文芸春秋』一九五五年四月～五六年三月）

荒布橋からはす向かいにあるこの建て物は見えたはずなのに、杢太郎は触れていない。杢太郎や白秋の「江戸趣味」は『新思潮』の同人たちの反撥をかった。

例の「スバル」に載つた北原白秋君の詩、「夏の日の亀清に、歌沢の云々……」と云ふ文句にケチをつけたのも、たしかわれ〳〵三人であつた。（…）「亀清」と云へば宴会屋だ、あんなところで歌沢の爪弾きを聴くなんて、練兵場の真ん中で植木鉢を眺めるやうなもんだ」と、とう〳〵後藤が六号記事にその悪口を書いたので、「スバル」の方でそれが問題になつたりした。

（『青春物語』）

「三人」というのは、木村荘太、後藤末雄、谷崎である。「生粋の日本橋ツ児」（ということは江戸っ子を意味する）である彼らからすれば、幼いころから身近に慣れ親しんだ情景にことさら好奇のまなざしが向けられることに、異和感を覚えたのであろう。そこには、「江戸趣味」を解することができるのは自分たち、「生粋の日本橋ツ児」をおいてほかにいないという自負と、にもかかわらずほかの地方から来た者（白秋や杢太郎）が文学作品に取り入れたことに対するそねみとが入りまじっていよう。
谷崎の「少年」（『スバル』一九一一年六月）は隅田川べりの屋敷の内に「西洋」を出現させた。「江戸趣味」よりも「西洋」を優位に置いたのである。語り手は、小学校の同級生である信一から自分のところに遊びにくるよう誘われる。

浜町の岡田の塀へついて中洲に近い河岸通りへ出た所は、何となくさびれたやうな閑静な一廓をなして居る。今はなくなつたが新大橋の袂から少し手前の右側に名代の団子屋と煎餅屋があつて、そのすぢ向うの角の、長い〳〵塀を繞らした厳めしい鉄格子の門が塙の家であつた。

広い庭には「周延が描いた千代田の大奥と云ふ三枚続きの絵にあるやうな遣り水、築山、雪見燈籠、瀬戸物の鶴、洗ひ石などがお誂ひ向きに配置されて」いた。語り手は、「十坪ばかりの中庭に、萩の袖垣を結ひ繞らした小座敷」に案内される。ここまではいかにも「江戸趣味」をうかがわせる道具立てであり、この日が塙の家にまつられた稲荷の祭のある日というのも「江戸趣味」と結びつくものである。

姉の光子とケンカし座敷をとび出した信一が語り手をつれてきたのは、「西洋館と日本館の間にある欅や榎の大木の蔭」であった。この西洋館は「褪紅緋色の煉瓦」で築かれている。語り手は、西洋館の二階から聞えてくる「幾千の細かい想像の綾糸で、幼い頭へ微妙な夢を織り込んで行く不思議な響き」にすっかり心をうばわれる。はじめて聞くピアノの音だった。西洋館に信一ははいることができない。塙の邸内にありながら西洋館は異質な空間なのである。光子をおどして西洋館にはいった語り手はこれまでしたことのない体験をする。闇の中にもれてくる明かりに誘われるようにして階段を上り、指定された部屋にはいると、そこには「中央に吊るされた大ランプの、五色のプリズムで飾れた蝦色の傘」や「金銀を鏤めた椅子だの卓子だの鏡だの」があり、「煖爐棚」の上に「置時計」がある。壁には「西洋の乙女の半身像」の油絵がかかっている。次の間に通じる緞子のとばりの間から「油絵に画いてある通りの乙女の顔」が現われる。彼女が話す声を聞いて語り手は彼女が光子であることに気づく。実際に光子が「油絵に画いてある通りの」顔立ちだったのかどうかは問題ではない。語り手の「想像」力が働いて「西洋の乙女」を思い浮かべたのであってもよいのである。

谷崎が「鮫人」(『中央公論』一九二〇年一月〜五月、八月〜十月。未完)で描いたとおり、浅草がまさにまがいものの「西洋」で人々をひきつけた。

其処へ行けばチャアリー・チャプリンのカリカチュアを始めとしてパアル・ホワイトや、ルス・ローランドや(…)生きた模型を見ることが出来た。模型は無論本物と比較にならない粗製濫造品ではあつたけれども、粗製濫造なるが故に却つて見物人を喜ばせた。

木下杢太郎は一九一四年七月に『南蛮寺門前』を刊行し、一五年二月に『唐草表紙』を刊行し、一六年九月、南満医学堂教授兼奉天医院皮膚科部長に就任し奉天に移り住む。杢太郎はいわば自分の「青春」にケリをつけようとしたのではないだろうか。一九一一年三月、松山省三がカフェ「プランタン」を開いた。もはや木造の西洋料理屋をパリのカフェにみなすことはできない。一方、谷崎はまがいものに触発され「ここではない、どこか」をあくことなく探し求めた。「玄弉三蔵」（一九一七年四月）、「ハッサン・カンの妖術」（一九一七年十一月）ではインドをモチーフにし、「西湖の月」（一九一九年六月）、「天鵞絨の夢」（一九一九年十一月、十二月）では中国をモチーフとした。野口武彦氏は、谷崎は関西に移り住むことで「故郷としての異郷」を発見したと評したが、それは故郷でもないし異郷でもない、「どこか」ということと同じである。

注

（1）谷崎は「第一回の「パンの会」は「新思潮」の廃刊される以前であつたから、大方明治四十二年の十一月頃であつたらう。」と述べているが、これが第一回だったわけではないし、明治四十二年のことでもない（明治四十三年十一月のことである）。『新思潮』は明治四十三年九月に創刊された。『青春物語』における年月のまちがいについては中島国彦氏がつとに指摘している。

（2）雨宮庸蔵は、「江戸小紋への執心など」（『木下杢太郎全集　月報』24　一九八三年四月）で杢太郎とともに装幀の参考にする江戸小紋を探しまわったことを述べている。

（3）『谷崎潤一郎全集』第二十六巻（一九八三年十一月）所収の「年譜」では助川に転地したのは大学一年のとき（一九〇九年）のこととしている。

（4）萩原朔太郎「旅上」（一九一三年五月）

（5）野田は『スバル』を参照しているのにこの「雑録」に触れていない。「明治四十一年の歳の瀬の或日」、第一回パンの会が開かれたとし、「期日は大体毎土曜日の夜と定められてゐた。」というが、「雑録」には「来春は正月第二土曜日開会引き続いて毎月第二、第四土曜日に開かるる筈に御座候。」と述べられている。これは、野田が紹介した「木下杢太郎の、古びた大学ノオトに記されてゐた、日記とも覚書ともつかぬ、断片」の「一九〇九年一月九日（土曜）」、「同年一月二十三日（土曜）」という日付と符合する。

一幕物の流行した年

1

谷崎潤一郎の『青春物語』（中央公論社　一九三三年八月）は、『新思潮』の同人に加わり作品を発表し、作家として認められるようになる前後の時期のことを回想したものである。谷崎自身のことはもとより、永井荷風、小山内薫をはじめ、『新思潮』やパンの会の仲間たちをめぐって、さまざまなエピソードが述べられている。若き日の谷崎を知るための貴重な資料であるが、その記述内容にはいささか問題がある。例えば、『三田文学』に発表された荷風の「谷崎潤一郎氏の作品」を、死の床にあった谷崎の妹の枕元で、見舞いに来た叔父が家族の者に読んで聞かせたという印象深い場面がある。ところが、荷風の評論が発表されたのは一九一一年十一月のことであり、谷崎の妹はその年の六月になくなっている。これは単なる記憶の混同にすぎないのであろうか。

中島国彦氏は、「作家の誕生――荷風との邂逅」（『国文学』一九七八年八月）で次のように注意を促している。

『青春物語』に時間上での事実の誤りが多いという周知のことがらも、漱石作品の言及においてわずか二年の違いを「それよりずつと前に」と記す遠近法のゆがみも、(…) 文字通りの「物語」のような回想スタイルも、谷崎発言のみに頼ることの陥穽をわたくしたちに示しているのだ。

中島氏は、『青春物語』が荷風との出会いを強調することで、当時の谷崎が直面していたはずの混沌とした様相を固定化し、谷崎といえば「刺青」でデビューした作家だという「『刺青』処女作神話の成立」に自ら加担したと説く。中島氏の指摘を念頭に置いた上で、ここで問題にしたいのは『青春物語』の次の一節である。

私は何故「刺青」の方を後廻しにして、時勢に合はない「誕生」の方を先にしたのか、今その理由を解するに苦しむが、恐らく私の天の邪鬼がさうさせたものに違ひない。

「刺青」の原稿を木村荘太に見せたところ、木村は一と息に読み、読み終えると、「こんな面白いものを読んだことがない」と興奮しきった口調で言ったという一節につづく、この記述にも、「刺青」処女作神話の影を認めることができよう。のみならず、ここには小説と戯曲に対する谷崎の隠微な態度がうかがえる。『青春物語』が発表されたとき、谷崎は小説家として充実した仕事をしていた。すなわち、一九三一年には「吉野葛」、「武州公秘話」を、一九三二年には「蘆刈」を、一九三三年には「春琴抄」を発表していた。戯曲よりも小説を優位におく右の記述には谷崎の小説家としての自負が投影されている。『青春物語』では「果して「誕生」は月評家の悉くに黙殺され、誰も取上げてくれた者はなかつた。」と述べられているが、これも事実に相違する。中島氏が指摘するように、『新潮』十月号の「九月の重なる雑誌」(筆者不詳)では、「谷崎潤一郎の『誕生』は史劇で一幕物だ近頃は斯う云ふものを書くことが流行して来た。可也成功して居る。和辻哲郎の『常盤』より遥かにすぐれて居る」と評価している。

「誕生」を世に問おうとしたのは、この時が初めではない。『青春物語』に次のように述べられている[1]。

> 私は初め、栄華物語から材料を取つた純国文趣味の戯曲「誕生」を書いて、「帝国文学」へ送つたが、これは見事没書になつた。それで悲観して今度はいくらか自然主義に妥協した「一日」と云ふ短篇を書き、恒川の手を経て平出修氏に読んで貰つた。

自作を世に問おうとする際に二度とも戯曲を先にしている。「天の邪鬼」のせいとはいいがたい。このころの谷崎と戯曲との関わりを見ると、『新思潮』第二号には戯曲「象」を発表した(「刺青」は第三号に発表)。同誌第三号の「消息」には「谷崎は孔子を材料とした戯曲を書いて満天下を聳動させる意気組である」と記されている。『新思潮』以外の雑誌に作品を発表したのは『スバル』が最初であるが、一九一一年一月の同誌に載ったのは戯曲「信西」であった(六月に小説「少年」を、九月に小説「幇間」を同誌に発表)。

中島氏は、谷崎が小説を書いたり戯曲を書いたりしているさまを「混沌」と呼んだが、そこには谷崎は小説家だという思い込みがありはしないだろうか。当時の谷崎にとって、小説と戯曲との間には表現形態としてあまり隔たりがなかったのではないだろうか（小檜山耕二氏は、「言葉から物へ――最初期の谷崎――」〈『指向』第三号　一九八九年六月〉で「象」と「刺青」が作品構造の上で同質であると説いている）。

それにもまして、谷崎には戯曲を書く切実な理由があった。『青春物語』で繰り返し述べられているのは、どのようにして文壇に出るかということである。『新潮』の記者が流行のきざしを認めたように、当時、戯曲の創作が青年たちの関心を集めるようになっていた。「誕生」という作品そのものは古めかしいかもしれない。しかし、戯曲を書くことは文壇に出るための手だてとして有効であり、時代の動きを見すえたものであった。しかも、そこに『新思潮』という雑誌の特色が関わっているのである。

2

谷崎は同人雑誌を刊行する計画に当初から加わっていたわけではない。『青春物語』には次のように述べられている。

私は、その「新思潮」と云ふ名前も極まり、同人の顔触れも略〻決定した後に入れられたのである。（…）これは後で聞いたのだが、「谷崎」と云へば国文科にゐる至つて頭の古い男で、恐ろしい怠け者の道楽者と云ふ評判が高く、同人達はてんで私を馬鹿にしてゐたのだと云ふ。

ところが、資金繰りに困っていた同人たちは、谷崎には小学校以来の親友で偕楽園という中国料理店の主人笹沼源之助がバックにいることを知り、笹沼に資金を融通してもらうために谷崎を仲間に入れたのである。この辺の事情は、一九一〇年六月十日付けの和辻哲郎宛ての書簡から知ることができる。谷崎は、「お手紙今朝拝見した。御趣意は呑み込んだが先づ確とした御返事する前に御目にかゝつて詳しい処を承りたく思ふ。」といい、「正直の処を云ふと我々無経験の若輩がこんな仕事を企てゝ果して維持して行けるかどうか、此奴が心配だ。」といい、雑誌の発行に対して慎重なかまえを示している。そして、笹沼から金を引き出すにはどうしたらよいかをあれこれ述べた上で、「資金の調達運動に微力ながら御助力するとして、雑誌のお仲間入りは是れも詳しい内情を伺つてから御返事したい」と結んでいる。

この書簡で注目したいのは、「又早稲田文学其の他に出た広告に依ると田中王堂さんの名前が見えたが、」という一節である。その広告では、『新思潮』第一号は五月一日発行とされ、次のような目次が掲げられている。

脚本　熊（チェホフ）……………小山内薫――自由劇場第二回試演台本――
論文　PHOENIX……………田中王堂

論文　ZU ZARATHUSTRA……小泉鉄
小説　初夏…………………大貫雪之助
小説　死の勝利（ダヌンチオ）……立沢剛
脚本　運命の人（ショウ）…………和辻哲郎
長詩　でかだん行列………………松本重彦
独逸現代文芸消息…………………ヘッセル
モウパッサン自殺未遂（後藤生）
新らしきショウ劇
牧師の家を評す
俳優学校試演劇

外国の戯曲の翻訳が二篇、演劇関係の論説が三篇掲載されている。このことは谷崎の注意をひいたにちがいない。また、先の書簡では、「小山内さんは此の事にどれ程肩を入れて居るのか、伺ひたい。」とたずねている。もともと、『新思潮』というのは、小山内が編集し、一九〇七年十月から翌八年三月までの間に六冊刊行した雑誌の名である。それには、外国の戯曲の翻訳、外国の劇壇事情の紹介、イプセン会（柳田国男、藤村、花袋、泡鳴、白鳥、小山内たちがイプセンの戯曲を講読した）の記録などが掲載された。

一九一〇年九月から刊行された『新思潮』もやはり小山内の演劇運動と深い結びつきを持つ。『青春物語』では、小山内について、「氏は創刊号に「反古」と云ふ短篇を寄稿されたゞけで、それ以後われ〳〵の雑誌のために自ら筆を執つてくれたことはなかつた」と述べているが、これは小山内と同人雑誌の関係をあやまって伝えるものである。

小山内は『新思潮』第一号、第三号に、匿名で「自由劇場通信」を書いた。第一号の口絵写真は、藤村が説明文を書いた「透谷君の故家」と小山内が説明文を書いた「『春の目ざめ』の舞台面」（一九〇七年四月にベルリンで上演されたときの写真で、左団次がヨーロッパに行ったとき買った）である。第二号の口絵写真は、小山内の説明付きの「『猛者』の人形芝居」（小山内が言及している「猛者」の鷗外訳は一九〇八年十一月に発表された）と馬場孤蝶の説明付きの「斎藤緑雨の逝きし家」である（演劇関係のものが先になった）。第三号の口絵には、「ゴルキイの「夜の宿」をモスコオの芸術座で作者指導の元にやつた時の写真」（小山内の説明文）が掲載されている。第五号の口絵は、小山内の自由劇場第三回公演、「夜の宿」と「夢介と僧と」の舞台の写真数葉である。

外国の演劇に関する論文の紹介として、第一号には木村荘太の「アントン・チエホフの脚本――マリウス、ベーリング――」が、第三号には後藤末雄の「仏蘭西自由劇場史」が、第四号には蘆田均の「独逸現代の劇壇」がそれぞれ掲載された。このように『新思潮』が外国の演劇の紹介につとめているさまは、一九一〇年四月に創刊された『白樺』が、写真版でヨーロッパの絵画を紹介したり、外国の画家などに関する評論を掲載したりしたのと好対照をなしている。『白樺』第一巻第八号（同年十一月）が「ロダン第七十回誕生記念号」として、ロダンの手紙をはじめ、高村光太郎、荷風、木下杢太郎などが寄せた文章を掲載したのに対し、『新思潮』は第五号（一九一一年一月）を「自由劇場号」とし、自由劇場第三回公演に関する論説を特集した。

3

演劇に寄せる関心の著しい『新思潮』にあって、とりわけ目ざましい活躍を見せたのは和辻哲郎である。和辻は、第一号に戯曲「常盤」を発表し、第二号から第五号にわたってバーナード・ショーの「ウオレン夫人の職業」の翻訳を掲載した。論説として、第二号に「戯曲「平維盛」[2]」を、第三号に「翻案劇の価値」、「新社会劇団を葬る」[3]、「十月の脚本」[4]を、第五号に「自由劇場所感」、「「どん底」と「夜の宿」[5]」、「坪内逍遙先生に」[6]を、それぞれ発表した。

勝部真長氏は、『青春の和辻哲郎』（中央公論社　一九八七年十月）で、創作家志望の青年だった和辻哲郎が谷崎との交遊を通して哲学者の道を歩むようになる経緯を詳しくたどっている。勝部氏は、「芸術・文学・演劇の問題に心をひかれていた」とするが、端的に言えば、和辻は新しい演劇の樹立にとりわけつよい情熱を抱いていた。『新思潮』第五号には、「二月には翻訳号を出す。こゝで一寸誰れが何をやるかを推察して見ると、先ず谷崎がアナトオル・フランス、後藤がアンリ・ド・レニエの小説、和辻はダヌンチオの脚本」と記されている（この企画は結局実現しなかった）。一九一一年に和辻は、一月に評論「エレオノラ、デュウゼ」（当時の著名な女優である）を『スバル』に、三月に戯曲「停車場附近」を『新思潮』に、五月にシュニッツレルの「活きた瞬間」（「執筆目録」が「ショウ」とするのはあやまり）の翻訳を『帝国文学』に、戯曲「首級」を『スバル』に、論説として、六月に「独逸芝居見物」[7]を、十一月に「沙翁劇と舞台装飾」を、十二月に「自由劇場の演技」[8]をいづれも『帝国文学』に、それぞれ発表した。

和辻が傾倒していた外国の作家は、ジョージ・バーナード・ショーであった。「ウオレン夫人の職業」の翻訳以外にも、一九一〇年二月には評論「シヨウに及ぼしたるニイチエの影響」を『帝国文学』に、十月には「幻滅時代」の翻訳を『三田文学』に発表している。『新思潮』第三号には「REAL CONVERSATION」と題して谷崎、木村、和辻の間で交わされた会話を掲載しているが、和辻は横浜のゲーテ座で外国人の演じた芝居を見てきた帰りで、「シヨオの芝居を見たのは俺だけだといふ自慢が顔から隠し切れない」と記されている。また、和辻は「十月の脚本」で楠山正雄の「復讐」にショーの影響を認めながら、「シヨオのものはもつと軽るく明るく、ユウモアに充ちてゐる。」と評している。

ショーの戯曲は反社会的な思想を鼓舞するものとして危険視されていた。和辻の翻訳した「ウオレン夫人の職業」について、木村荘太の「アントン・チエホフの脚本」ではペテルブルグで上演されたときの観客の反応を伝えた後に、「英国では、此の脚本の公開興行が禁じられた。米国では、乱暴な人民が怒つて舞台を騒がした。」と言い添えている。和辻は、「シヨウに及ぼしたるニイチエの影響」で「ウオレン夫人の職業」について「この脚本の根底には三つの提案が横たわつてゐる。」とし、「第一は、すべての婦人にも、男子と同じく、人生の悦楽と幸福とを、習慣や世人の批評に耳を傾くる事なく、最も便利な方法で追求する権利ある事」だと指摘する。和辻は自作の戯曲の登場人物にこの考えを述べさせている。

「常盤」では、母が平家方に捕えられたと聞いて、常盤は母の身代わりになろうとして清盛のところにやって来る。彼女は幼い我が子の身の上も案じている。そうした常盤の態度を清盛は批難して、「たとえ他人の禄を食み、他人の家に住んでいても、自分の生活を尊重することを知っている者は立派な人間だ。しかし自分の生活を他人の前に投げ出した者は奴隷だ。」といい、「女はなぜ自由に快活に恋をする事ができないのだろう。」という。一方、「首級」では、(9)敵に囲まれ籠城生活を送っているおあんは、「兵部さま」が呼ぶ声を聞く。「兵部さま」というのは父の弟子であった田中兵部のことであり、彼がひそかに救助の手を差し伸べているのを知ると、おあんは、城中の人々と運命を共にするのではなく、城から脱け出し兵部に会うことを望む。

谷崎は、「若き日の和辻哲郎」(『心』一九六一年三月)で「常盤」に触れ、「発表当時は大いに己惚れてゐて、意気軒昂たるものがあつたが、私たちの眼からはどうも感心出来かねるものであつた。」と述べている。和辻は新しい演劇を樹立しようという意気込みにあふれ、自由劇場の運動にのめりこんでいた。『新思潮』第一号の「自由劇場通信」では、「兎に角、小山内は和辻君を助手に頼んで『どん底』の翻訳にかかつた。」と述べられているし、同誌第五号の「消息」では、「自由劇場の初日に四幕とも幕切れのキッカケに先づ第一に拍手したのは和辻であつた。」と述べられている(第五号に「自由劇場所感」と、訳文を比較検討した「「どん底」と「夜の宿」」を発表したことは先に触れた)。

自由劇場の運動に対する谷崎の反応には屈折したものが感じられる。『青春物語』では、自由劇場の第一回公演のとき、舞台に上って挨拶する小山内の姿を生き生きと描き出している(鷗外の「青年」では、「興行主の演説があつた」と一言で片付けられている)。一方、このとき上演された「ジヨン・ガブリエル・ボルクマン」については、『新思潮』第五号に発表した「「夜の宿」と「夢介と僧と」と」で次のように述べている。

僕は「ボルクマン」のやうな痛切に胸を撲たれる恐ろしい芝居は、寝ざめが悪くつてあまり見る気になれぬ。深刻なる人生と云ふものは、実生活の上で神経衰弱になる程味はつて居る。此の上芝居で念を押して貰はなくつても沢山である。

「劇場の設備に対する希望」（『演芸画報』一九一三年四月）でも、「私はイプセンの劇を尊敬するけれども、決して決して之に近付かうとは思はない。」と述べている。それに対して、「ワイルドやダンヌンチオの戯曲に見られるやうな、思想の絢爛と色彩の瑰麗とが都合よく一致して居る芝居」が「私の一番好む所である」という。

和辻はいささか性急に外国の演劇を移植しようとした。当時、日本人が外国人を演じる異和感（俳優にも観客にもあった）をなくそうとして、舞台を日本にし、登場人物の名前も日本人の名に変えた翻案劇が行なわれていた。和辻は翻案劇を認めず、「翻案劇の価値」、「坪内逍遥先生に」で外国の戯曲をそのまま上演するよう主張した。

「戯曲「平維盛」」は、荷風の「平維盛」（『三田文学』一九一〇年九月発表。同月に明治座で左団次が上演した）を批評したものである。荷風の作というので（荷風は一九〇八年七月にフランスから帰国した）清新なものを期待していたのに、これまでの歌舞伎と変わりばえがしないので失望した、

「僕は同じ場面と同じ内容とを新しい日本語でもつて、メエテルリンク風に描いたならば、もつと強くもつと烈しく、われわれの神経を襲つて来はしないかと思ふ。」と述べている（鷗外の「青年」でメーテルリンクの戯曲「青い鳥」に関して議論が交わされているのが思い合わされよう）。

後年、和辻は『風土』（岩波書店　一九三五年九月）を著わし、日本とヨーロッパの違いを「風土」という概念で説明した。それに比べると、若き日の和辻は、新しい演劇を樹立するためであったとはいえ、ヨーロッパ一辺倒だったといえる。[10]

4

演劇に対する谷崎と和辻の考えの違いを別の角度から見ることにしよう。歴史上の出来事に材を得た戯曲では、登場人物のセリフにどのような言葉を用いたらよいのかという問題に関わる。

和辻は「戯曲「平維盛」」で次のように述べている。

> 氏が維盛に用ひられた語は確かに『詩語』である。しかも生き〱としたものではなくて死滅に頻してゐる詩語である。僕は史劇に詩語を用ひることは反対するものではないが、この哀れな過渡時代の悲しさには在来の空虚な、語のための語ともいふべき詩語はどうしてもわれわれの胸に切実な感傷を起さしめないのである。

和辻は、荷風の戯曲が歌舞伎の言いまわしを踏襲していることを批判し、「新しい日本語」で書くことを望んだ。しかしながら、ことはそう単純なものではない。ここでも、和辻の新しい演劇に対する思い入れが先走りしているように思われる。レーゼドラマならともかく、実際に舞台で上演される戯曲で、歌舞伎の時代物を見慣れた当時の観客のことを顧慮しないでよいのであろうか[11]。

鷗外は『スバル』第一号（一九〇九年一月）に戯曲「プルムウラ」を発表し、その創作余話を「脚本「プルムウラ」の由来」と題して『歌舞伎』第百二号（一九〇九年一月）に発表した。その結びの部分で次のように述べている。外国の戯曲の翻訳・紹介に力を注いだ鷗外でさえ、「時代物を書く」場合、いろいろな試みを行なったことが知られる。

文体は種々考へたが、今日時代物を書くには普通どういふ風に書くといふ極りがない。（…）稍雅言に近い位な処で優しく書かうといふのでいつか「浦島」を書いた事があるが、あれをもう一度しようとも思はない。それから「日蓮」を書いた時には少し狂言詞を加味して見た。それもこの場合には面白くない。そこで今度は今までの浄瑠璃にあるやうな七五調の大部分を占めて居る文で書いて見た。これも書いてしまつて見ると感心しない。嫌に古めかしい様な感じがする。

鷗外は『スバル』第十一号（一九〇九年十一月）に発表した「静」でセリフに現代語を用いた。ついで「生田川」（『中央公論』一九一〇年四月）でも現代語を用いた。「生田川」は同年五月に自由劇場第二回公演で上演された。大笹吉雄氏は『日本現代演劇史　明治・大正篇』（白水社　一九八五年三月）で長田秀雄の『新劇の黎明』の一節を引き、この上演を見た青年たちの反応を伝えている。長田と『スバル』の同人の間で、「もうこれからは史劇でも現代語で書くんだね。」「そうだとも。古い言葉なんか使つたつて仕様がありやしない。現代語で古い時代の味を出して行くのが詩人の腕だ。」という会話が交わされたのである。おそらく、和辻も同じような考えを抱いたことであろう。和辻の「常盤」のセリフは「静」や「生田川」の試みにならったものである。

一条天皇の中宮彰子の御産をめぐる藤原道長邸の人々のありさまを描いた谷崎の「史劇　誕生」（雑誌掲載時の標題）のセリフは、むしろ「プルムウラ」と同じく歌舞伎の言いまわしに近いものである。谷崎は、「ノートブックから」（『社会及国家』一九一五年七月）で自分の考えを次のように述べている。

われ〳〵日本の作家が、鎌倉時代や平安時代を背景として戯曲を書かうとする時、一番困るのは其処に出て来る人物の台辞《せりふ》である。バアナアド・シヨウが Caesar and Cleopatra を書いたやうに、時代錯誤《アナクロニズム》の批難を犯して、千年や二千年も前の時代の人物の会話を、純然たる現代語を以て綴ると云ふ事は、頗る考へ物であるかも知れぬ。

すでに「信西」で現代語を用いたにもかかわらず、なお懐疑的である。谷崎は「現代の新進作家」が史劇に現代語を用いた場合に生じる不都合を次々に挙げた上で、「然らば反対に、史劇は其の表現せんとする時代の口語を採用す可きかと云ふに、之にも強ち賛成し難い理由がある。第一其れは到底不可能の事だと云はねばならない」と述べている。結局、谷崎はこれといった解決策を示せなかった。

5

谷崎は、『新思潮』第三号に載った吉井勇の戯曲「河内屋與兵衛」を評価している。「『夜の宿』と『夢介と僧と』で、『夢介と僧と』は『吉井自身も大した抱負のある作ではなからう。』といい、自由劇場としては『脚本そのものして価値あり自信ある作――たとへば『河内屋與兵衛』のやうなもの』を取り挙げてほしいと望んでいる。

「河内屋與兵衛」は大阪本天満町の油屋河内屋を舞台にしている。「時代」は「與兵衛二十二歳の時五月」とあるばかりでいつのことかはっきりしないが、江戸時代のように思われる。與兵衛の父、母については、「殆んど眠れるが如き調子にて対話す。暗き生活を営める人々の習慣として、傀儡に似たる動作を為すの外能力なし」とト書きに記されている。

與兵衛は自分を取りまく境遇に反発して放蕩を重ねるが、それにも満足していない。妹に「お前は今日まで生きてゐると思つた事があるか」とたずねたことがあるという。長崎の商人に外国の物品を見せられたり、長崎に住む外国人の様子を聞いたりした與兵衛は、ドン・ファンの肖像画を見ているうちに眠りこんでしまう。與兵衛の胸にひそむ思いは、（夢の中の）ドン・ファンの独白という形で述べられる。和辻の「常盤」が清盛に反社会的な思想をストレートに述べさせたのに比べれば、観客に与える異和感は少ないと思われる（ドン・ファンも與兵衛たちも現代語で話している）。谷崎は、「新らしき思想を、角立たぬやうに台辞の中に織り込んで行く吉井の技量」（「『夜の宿』と『夢介と僧と』

と」を認めている。

和辻の戯曲が反社会的思想を謳歌したのに対し、「河内屋與兵衛」にはデカダンな趣がある。多くの女と放蕩を重ねてきたドン・ファンは、「己は時々過去を振り返つて眺めるが、その時己の眼に映ずるものは、唯灰色の路が長く横はつてゐるばかりで何も見えない。」といい、「セビルラの人々」は「この苦痛とこの悲哀」とを知らずに自分のことを「仕方のない放蕩者」とみなしていると嘆く。

吉井は『スバル』に短歌とともに戯曲を次々と発表した。一九〇九年三月に「午後三時」を、六月に「浅草観音堂」を、八月に「鷗の死骸」を、翌一〇年二月に「帰れる船」をそれぞれ発表した。『スバル』一九一〇年十二月号の「消息」は「来年から、毎号劇のために三十頁内外を費す。」と告げ、翌一一年一月の同誌の「消息」は「今月から附録として吉井勇氏の受持で劇に関する頁が附く。」と述べている。そして、同号に掲載されたのが谷崎の戯曲「信西」である。

「信西」について谷崎は、「「刺青」「少年」など　創作余談（その二）」（『別冊文芸春秋』五四号　一九五六年十一月）で次のように述べている。

これは後に発表した形は一幕物であるが、元来は二幕物であつた。然も、文章は、後に発表したやうな口語体でなく、その時分のことだから、旧劇のやうに、七五調ではないけれども文章体になつてゐるもので作つた。

二幕物の「信西」に関しては、『谷崎潤一郎全集』第二十四巻（中央公論社　一九七〇年七月）で「年代未詳[12]」とされた書簡番号「一五」の大貫雪之助宛て書簡から、その一端をうかがい知ることができる。これは、草稿を大貫に送り批評を乞うたところ、大貫が返事を寄こしたのに対し、谷崎が自分の考えを弁じたものである。

それには、「第一幕ハ山の中、第二幕は加茂河原」と記されている。現行の作品は、「所　山城近江の国境、信楽山の奥」となっているから第一幕に当たるわけである。さて、第二幕は、信頼と義朝が加茂河原に信西の首実験に行ったところ、信西の怨霊が雷となって姿を現わしたという筋立てらしい。谷崎は、「この落雷は菅公死後雷となつて時平等を苦しめしと云ふ北野縁起、並びに謡曲等に伝ふる伝説と、信頼義朝が加茂河原に信西の首を見に行きし際天地忽晦瞑となりしてふ事実を基として作りしもの」と記している。そして、「君の仰せの如く信西と信頼義朝と議論させせんかとも思ひしが（…）あまり史実を無視するやうにて快からず一寸二の足をふみし次第に候。」という。ついで、史実尊重とは別の理由のあることを打ち明け、「その上に実ハ他日舞台に乗つたら雷の方が目先代りて面白かるべきかと耻しながら多少のあて込みもまぢり候」と記している。

谷崎の「誕生」にしても「象」にしてもスペクタクルな効果をねらっていた。会話の展開を通して登場人物の間に生じる葛藤を描くのではなく、言葉さえ一つの効果を生むものとして用いられている。「誕生」では、「呱々の声、呪咀の叫び、散米の音、加持祈禱の声、相混じ相戦ひ、満場騒然囂然たる中に皇子誕生。」というようにしてクライマックスに達する。「象」は、山王の祭礼の花車をひく象を見ようと堀端に待つ江戸の民衆の、たわいのないおしゃべりでつづられている。

「信西」の第二幕の雷も同様にスペクタクルな効果をねらったものにちがいない。そのような第二幕を削除することで、「信西」はどのような作品になったのであろうか。

谷崎の文面から察すると、大貫は、谷崎の描いた信西は偉大な予言者になっているが、実際には「小人物」だったのではないかと批判したらしい。それに対し、谷崎は、自分には信西を予言者とするつもりはなく、「死を恐怖する悟りきれぬ、個性のつよき人間」にしたと述べている。谷崎の戯曲の信西は、儒・仏・老の教えの奥義を究めたばかりでなく、「此の宇宙の間にある凡べての事柄を、悉く知らうと」して、天文学、医術、陰陽五行の道を学び、占星術、観相術にたけていた。信頼や義朝が行動を起こす前に兵乱で自分が死ぬことを予知し、山奥に逃がれてきた。家来たちが信西の賢明さをほめるのに対し、信西は、「明日をも知れぬ自分の運命に心付かず、勇ましく働いて居る愚な義朝は、わしより仕合はせであるかも知れぬ。わしは今、自分で自分の運命に詛はれて、手も足も出ずに居るのぢやから。」と言う。

この戯曲では、葛藤というまでには至らないにせよ、会話を通して登場人物の人間関係の推移が描かれている。家来の一人、師光（のちに清盛に対し謀反を企てる西光法師である）は信西に「力をこめて、運命の網を突き破つておしまひなされい。」と説くが、信西が運命（と信じているもの）に呪縛されているのを見てとると、「世の物笑ひとならぬやう、天晴れの御最期をお願ひ申して置きます。」という。なお半信半疑でいる仲間に対し、「己の観た処では、君のお命はもうないものにきまつて居るのだ。たとへ世の中が乱れようが乱れまいが、人間があんなことを考へたり、喋つたりすると云ふのは、もう直き死ぬる前兆にきまつて居るものだ。」と言う。自分の才知を誇る信西は、師光によって相対化される。自分の運命を呪縛する星の見えないところに隠れようとして、地面に掘らせた穴の中にこもる信西の愚かさが浮き出てくる。[13]

谷崎は、大貫宛ての書簡で「史劇ハ必らずしも過去の実在の人物をそのまゝに描写することが必須の条件なりとハ存ぜず候まゝ御推察の通り自己のイデアールを現さんが為めに殊更に誇張したる次第」だと記している。谷崎のもくろみは第一幕で十分実現していよう。いくら「凡人の執念怨恨がいまだ醒めず。魂魄この世に迷へる」からといって、雷となって姿を現わすのでは、かえって第一幕で信西に託された愚かさを損なうことになる。

同世代の青年たちがしきりに戯曲を発表した時代の動きと谷崎は無縁だったわけではない。谷崎が「信西」を一幕物にしセリフを現代語に書きかえた要因に、吉井勇の「河内屋與兵衛」を想定してみたいのだが、いかがなものであろうか。

注

（1） これがいつのことなのかは、『青春物語』の記述からは特定できない。中島氏は明治四十一年のこととし、愛読愛蔵版『谷崎潤一郎全集』第二十六巻（一九八三年十一月）所収の郡司勝義氏の「年譜」では明治四十二年のこととしている。谷崎は、「「刺青」「少年」など」で「その頃『帝国文学』の編輯長は栗原武一郎」だったと述べている。『帝国文学』第十五巻第二（一九〇九年二月）に帝国文学会委員に任じられた者として名の挙げられている中に、「国文科栗原武一郎」とあり、同誌第十六巻第八（一九一〇年八月）の「消息」では栗原が委員を退いたことを伝えている。「誕生」の原稿を栗原に持っていったという谷崎の言があやまりでなければ、それは右の期間に限定される。

（2）〜（8） 『和辻哲郎全集』補遺（岩波書店　一九七八年六月）の「執筆目録」にもれているもの

である。なお、「執筆目録」や勝部氏の著書でショーの翻訳の発表を二月から五月のこととするのはあやまりである。

(9)「首級」には首装束のさまが描かれている。後年、「武州公秘話」で同様の場面を描くとき、谷崎は和辻のこの戯曲のことを思い出しはしなかったであろうか。

(10)「自由劇場の演技」では、「結局「寂しき人々」を択んだのは小山内薫氏の失敗であつた。あゝいふ繊細な写実的芝居は今のところ自由劇場の役者にとつて最も困難なものだらうと思はれる。」といい、「「夜の宿」と「ボルクマン」は自由劇場の成功であつた。」と述べている。和辻の演劇に寄せる関心は自由劇場の運動と消長をともにしたように思われる。

(11)谷崎は、「ノートブックから」で「秋田雨雀氏の脚本「第一の暁」が演ぜられた時、其処に出て来る徳川時代の武士と覚しき人物が、「君」「僕」を使用したので、観客席の婦人連が笑ひ出した」と述べている。「第一の暁」は、一九一一年六月、自由劇場第四回公演で上演された。ちなみに、和辻の「常盤」では清盛が「常盤さん」と呼びかけている。

(12)野村尚吾氏は、『伝記谷崎潤一郎』(六興出版　一九七二年五月)で浜本浩の『大谷崎の生立記』から、「その頃の旧友達の記憶によると、谷崎さんは『刺青』の以前に『信西』の原稿を鞄に入れて、助川の別荘へも持って来た、」という一節を引いている。助川の別荘というのは茨城県日立にあった笹沼家の別荘のことである。野村氏は、そこから大貫に宛てた一九〇九年二月二十四日付けのハガキを紹介している。谷崎は、「小説一つ出来上つた。浄写の上御覧に入れる。」と書いている。

(13)この信西の姿には、自分は選ばれた存在であると自負しながら、物質的欲望(ことに食欲)にひきずりまわされる「神童」(一九一六年一月)や「異端者の悲しみ」(一九一七年七月)の主人公に通じるものがある。拙稿「谷崎潤一郎の小説・一九一六年」(『国語と国文学』一九八二年六月)を参照されたい。

谷崎潤一郎と戯曲

1

谷崎潤一郎は、一九一〇年九月に創刊された『新思潮』に「史劇　誕生」を発表してから一九二六年九月発表の「白日夢」までの間に、合わせて二十五篇の戯曲を発表している。同じ時期に七十篇余りの戯曲を発表した武者小路実篤を別格とすれば、少なくとも一年に一篇は発表していた（一九一二年および一九一九年には戯曲の発表はない）ということから、戯曲の執筆が谷崎の創作活動の一画を占めていることは認められよう。かつて、この時期の谷崎は混迷期にあるとみなされ、その作品もあまり評価されなかった。近年、この時期の谷崎の小説に対しては新たな観点から考察が試みられるようになった。それに比べると、谷崎の戯曲に関する研究はほとんど手が着けられていないというのが現状である。これまでのところ、谷崎の戯曲はレーゼドラマであるというのが一つの前提になっていて、そこから、あるいは肯定的な、あるいは否定的な評価が生まれている。実は、そうした見方を許すようなことを谷崎自身が述べているのである（次の文で「その頃」というのは、「誕生」を発表したころのことである）。

その頃、われわれの戯曲は文壇では多少注目されても、劇壇では相手にされなかつた。われわれの方でも望みを遠い将来に嘱し、當時の劇壇を全くアテにしないで書いた。だから私の初期の作品には、今になつて考へると、実演には不適當な物が相當にある。私は敢て舞台の約束を無視する気ではなかつたのだが、実地のコツを覚える機会がなかつたために、無視したと同様になつたのである。自然若い時分の私は、血気にまかせ、空想にまかせて、寧ろ小説の一形式のやうな積りで戯曲を書いた。此の集の中にもそんなものが一つや二つはあるかも知れないが、私は思ふ所があつて、「読むための戯曲」も決して一概に捨てたものではないと信ずる。読者はめいめいの頭の中に舞台を作り、照明を設け、自由に俳優を登場させて、それらの戯曲が与へるところの幻想を楽しんで下さればよい。

（「現代戯曲全集谷崎潤一郎篇跋」一九二五年九月）

右に引いた一節の後半、ことに「読者はめいめいの頭の中に」で始まる一文が、谷崎の戯曲はレーゼドラマであるという論拠になっている。いささか長すぎる引用をしたのは、ここに述べられていることをあらためて検討したいと思ったからである。

まず、右の一文がどういう文脈の流れを受けているかを確かめてみたい。谷崎がレーゼドラマを「決して一概に捨てたものではないと信ずる。」という留保つきで認めていることに注意したい。石川巧氏が説くように、(1) 一九二四年を境にして正宗白鳥、広津和郎など「それまでほとんど戯曲に手を染めることのなかった」小説家たちがレーゼドラマを書くようになった。それに対し菊池寛や岸田国士は否定的な見解を述べた。谷崎はそうした状況を意識している。しかも、『現代戯曲全集』の該当巻に収録された十一篇の作品の中には、「小説の一形式のやうな積りで」書いたものが、「一つや二つはあるかも知れない」というのである。それは「若い時分」に「血気にまかせ」て書いたのである。ここには、自分の作品と当時流行したレーゼドラマとの間に一線を画そうとする配慮が感じられる。自分ははじめからレーゼドラマを書くつもりはなかった、結果的にそうなった、というわけである。

「私は敢て舞台の約束を無視する気ではなかつたのだが、実地のコツを覚える機会がなかつたために、無視したと同様になつたのである。」というのも、谷崎の個人的な事情にのみ帰するわけにはいかない。当時の演劇界のありようを考慮に入れなければならない。「誕生」が発表されたころ、演劇界の中心的勢力だったのは歌舞伎である。歌舞伎の上演台本は、それを演じる俳優たちの特色（持ち味）を念頭に置いて座附き作者が書いた。座附き作者以外の者（福地桜痴を別とする）の書いた作品が上演されたのは、松居松葉の「悪源太」が最初であり、一八九九年のことである。坪内逍遙の「桐一葉」でさえ初演は一九〇四年であり、発表されてから十年近くたっている。

歌舞伎をしのぐ勢いを見せたのは新派劇であった。後年には新派劇は谷崎の小説を脚色したものをレパートリーに加えるが、一九一〇年ころには谷崎の戯曲を上演しようとはしなかった。いわゆる近代劇は、一九〇九年、小山内薫と市川左団次の自由劇場によって端緒を開いたところであった。自由劇場は吉井勇や秋田雨雀の戯曲を上演するが、小山内薫との確執のせいで谷崎の戯曲は取り挙げられなかった。谷崎の戯曲が上演されたのは、一九一八年九月、近代劇協会による「信西」が最初であった。(2) 谷崎が「実地のコツを覚える機会がなかつた」というのには、自作の戯曲が上演される機会に恵まれなかったことも一因になっていよう。やがて、自作の上演を見る機会がかさなるうちに、自分の戯曲には「実演には不適當な物」があることに気づいたのである。では、どういう点が問題になるのか、次にそれについて考えることにしよう。

2

谷崎は、「或る日の問答」(『中央公論』一九六〇年一月)で一九二〇年十月に初演された「法成寺物語」に触れて、次のように述べている。

実際僕自身が見ても、一つ一つの詞章の苦心は分かるけれども、舞台に上せては徒らに冗長で、不必要の言葉が多く、一般の観客にはくどくしいばかりで、面白く感じられる訳がない、これでは人が退屈するのは當然であると思つた。

「お國と五平」の初演の際(一九二二年七月)についても、「僕は観客席から見てゐて、(…)セリフがくど過ぎる、我ながら冗長だと感じた。」と述べている。

戯曲には文学的な側面と演劇的な側面がある。前者が詩や小説といったほかの文学作品と共有する領域に属するのに対し、後者は演劇固有の領域に属し、舞台空間においてなま身の人間(俳優)が演じるという実際的な条件に規定されている。戯曲に対する評価も、その文学性と演劇性をどうとらえるかによって違いが生じる。「法成寺物語」についていえば、金丸十三男氏は「谷崎戯曲中でも最大の傑作と言うべきであろう。[3]」といい、紅野敏郎氏は「谷崎の戯曲の一頂点を形成する。[4]」という。両氏の評価は文学性に重きを置いたものである。一方、小山内薫は評価しながらも、「只私をして忌憚なく云わしむれば、「十五夜物語」でも「法成寺物語」でも、小説のエレメントが這入り過ぎているように思う。[5]」と述べている。演劇性に対する配慮が欠けているというわけである。「或る日の問答」で谷崎が述べていたのも戯曲の二面性に関わっていよう。登場人物のセリフにしても、文字を読んだ場合と舞台で話されるのを聞いた場合とで違いが生じることがある（戯曲のセリフと小説の作中人物の会話とは等質ではない）。

正宗白鳥は、冗長と思われる部分を小山内薫がカットした築地小劇場の「法成寺物語」の公演（一九二七年四月）を見てこの戯曲に高い評価を与えているが、ただ一箇所、「第二幕の、四の御方と定雲との対話が少しくどくて理窟ぽくつて、退屈であつた[6]」と述べている。たしかに定雲が、「紫式部や清少納言にも劣らぬほどの、賢《さか》しき性質《さが》」を備えているという四の御方を教えさとそうとするセリフには仏教語が多用されていてわかりにくい。例えば、「如来に紫磨金の肌がなくば、菩薩に頻婆果の唇がなくば、」というセリフは、よほど仏教の知識に通じていなければ、「シマゴン」とか「ビンバカ」とか聞いただけでは理解できないであろう。文字を見れば、意味が正確にはわからなくとも何となくイメージが浮かんでくるが、聞いただけでは奇異な感じがするばかりである。もちろん、セリフの意味がわからないならわからないなりにある効果を挙げる場合もあるが、定雲のセリフは、「人間の苦患を救ふものは、美しい姿より外にござりませぬ。」という彼の信念を説明するものだから、わからなくてもよいというわけにはいかない。

「法成寺物語」で演劇性に対する配慮を欠いていると思われる例を一、二付け足すと、第一幕が労役に駆り出された人夫たちの会話で始まっているのも、文字で読む限りでは気にならないかもしれないが、上演すると冗長になる恐れがある。法成寺のすばらしさを観客に伝えようとする意図が舞台の上にどこまで実現するのか疑わしい。また、定朝は為成に、自分には阿弥陀像を彫る資格がないと言い、為成が執りなす。そこへやってきた女房たちに向かって定朝は同じことを訴える。この繰り返しには必然性が乏しい。

舞台で演じるとなると俳優たちの動きも問題になる。一九二三年七月、帝国劇場で「お國と五平」が上演されることになり、谷崎が演出にあたった。初めてのことなので判断しかねるところが多く、友之丞を演じた守田勘弥に任せたらしい。このときの感想を「稽古場と舞台の間」(『新演藝』一九二二年十一月)で述べているが、俳優の動きに触れている。

一番困つたことは、友之丞が舞台に出てきて、お國と五平とのまん中に入る手順だつた。何の台詞の時に入つたらい丶か全く見當がつかなかつた。また、あの三人の位置――つまり離れ工合も稽古の時には、舞台での調子が分らなかつたので、守田君が、かうしますか、といつて形をつけてくれた。

『新演藝』一九二二年八月号の芝居合評会ではこの「お國と五平」を取り挙げている(谷崎も出席した)。出席者の間で友之丞の動きをめぐって意見が交わされている。永井荷風が、「女を慕つて来て殺されてもい、と思つて二人の前へ出て来た友之丞が、旧芝居のやうに、如何にも悠然と笠を取るのは困ります。」といい、岡鬼太郎が、「そして、二人の間を割つていきなりまん中に、予定の行動のやうに、ニユーッと腰をかけるのはいけません。まるで説教に出て来たやうです。」という。谷崎は、「私は友之丞をまん中にすればお國との間の関係が出ると思ひました。」と応じるが、岡鬼太郎は、「しかし、あの位置であの態度では、まん中にゐる友之丞に両側のお國と五平とが如何にしても教《をしへ》を乞うてゐる形です。二人が友之丞の愚痴を聞いてゐるといふ様子でなく、初めから理窟を聞くのを覚悟してゐる者のやうです。」と述べている。

3

戯曲の言葉としては登場人物のセリフの外にト書きがある。次にト書きのありようを見ることにしたい。谷崎の戯曲ではト書きがかなり詳しく書きこまれている。例えば、「永遠の偶像」（『新潮』一九二二年三月）は彫刻家植村一雄のアトリエを場とするが、はじめに室内の様子が詳しく指示されている。

部屋の三方とも壁、ドーアが上手と下手の後方について居る。向つて右側に、煖爐が壁へ切り込んであり、その傍にテーブルと二三脚の椅子、左側の壁に沿うて洗面台とソファア、中央より少し左へ寄つた所にモデル台がある。

ここで指示されているもののうち、「煖爐」は劇の進行に関わりを持たない。「後方の書棚や飾り棚の上に絵や彫刻や陶器や書籍などが乱雑に載つかつて居る。」というト書きが指示しているものと同じく、「家具や骨董品などなかなか立派で、贅沢な感じのするアトリエ」であることを表わすにすぎない。

ト書きに関して対照的な作家として武者小路実篤を挙げることができる。「愛慾」（一九二六年一月）は画家野中英次を主人公とするが、第一幕のはじめは「英次の室、午後一時頃」と指示されているだけである。たづねてきた兄が「お前の画を見せないか。」と頼むと英次は渋々見せているからアトリエかと思われるが明らかでない。場を指示するト書きが簡略なばかりでなく、登場人物の所作を指示するト書きも簡略である。ときには省略しすぎではないかと思われるところがある。

英次。それなら見せますかね。
信一。中々うまくなつたね。

右に引用した英次のセリフと信一のセリフの間に、英次が絵を取り出して兄に見せることを指示するト書きがあってもよいだろう。

谷崎の戯曲のト書きは、場面設定や登場人物の所作などを指示する通常の働きを超えて、小説の描写に近いものになることがある。「恐怖時代」（『中央公論』一九一六年三月）について谷崎は、「此の戯曲は実はむしろト書きの方がよかつたのである。ト書きの中に作者は血みどろな幻想を描いた。[7]」と述

べている。堂本正樹氏は「恐怖時代」のト書きについて、次のように述べている。(8)

いずれも映画のものだ。削除するしないでなく、舞台ではこの通りにはできない。(…)小道具としての割られた顔の面や、ホースで吹き出す血も、ト書きの自由さと、その映画性には追いつけまい。

堂本氏は、谷崎の戯曲が上演困難なのは映画的想像力が介入しているからだと指摘する。「白狐の湯」(『新潮』一九二三年一月)の、狐の化けた外国人の婦人が、自分の手足にあるできものは実はルビーなのだと角太郎に見せる場面を取り挙げ、次のように述べている。

この足に生えている「白びろうどのような毛」もト書きに書いてあるだけでセリフではないから、観客には判らない。その白に対するルビーの紅《くれない》である。谷崎はここでもシネマの目とステージの目を混同しているのだ。そのおでき即紅玉の形而上学は、小説のものであろう。

もともと、谷崎には「悪魔」(『中央公論』一九一二年二月)に見られるような映画のクローズアップを先取りした描写があった。それが戯曲のト書きにも認められるわけである。谷崎の戯曲でト書きが描写的であり、しかも映画との関わりを伺わせる別な例を挙げてみよう。「本牧夜話」(『改造』一九二二年七月)の第一幕のはじめのト書きである。まず「芝生のある庭」に臨んだ「和洋折衷の平家建ての一と棟」が示され、食卓、椅子、食器棚、籐の長椅子、ティー・テーブル、棕櫚の植木鉢といった室内の調度が示される。ところが、「舞台は夜の空と同じやうに一面に暗い。」と記されているから、舞台を見た観客は一つ一つの調度を識別することができないであろう。「食堂の燈火は凡べて消えて居て、誰も居ない。ただ飲み散らした酒やソーダ水の罎やコップが卓上に残されて居る。」と記されているが、無人の舞台でどうすれば観客の注意をこれらの罎やコップに集めることができるのだろうか。垣根の外を歩いてきた老人が「庭の小卓」にもたれている初子に気づく。「彼女は最初から、居るか居ないか分らないやうにひつそりと、暗い中に腰かけて居たのである。」というが、舞台でそのように振るまうことは可能なのだろうか。

映画にならこれらのことは可能である。カメラは庭の方から建物に近づいていき、室内の調度を一つ一つ映し出す。食堂の無人のさまを見せてから、テーブルの上の器物をとらえる。次に歩いてくる老人を映し出し、彼の視野にはいったものとして庭にいる女性を映せばよいのである。「本牧夜話」のこのト書きは映画のシナリオの書き方に影響されたものである(9)。

「白日夢」(『中央公論』一九二六年九月)の第一場、歯科医院の治療室と待合室の様子を指示するト書きも映画のシナリオを思わせる。文字を読む限り、読者は記された順に受け取るわけであるが、舞台の場合、観客の意識を、ここで指示されている通り、一方の手術台、もう一方の手術台、看護婦の様子、待合室の様子という具合に導いていくのは困難であろう(それらを総体として漠然と受け取めるのではなかろうか)。映画なら移動撮影で処理できる。二人の看護婦について、「趣味や感じがよく似てゐるので、一見した時、此のドクトルは斯う云ふタイプが好きなのか知らん、と、そんな気持ちを起させる。」と記してあるのは、小説の叙述にほかならない。

4

谷崎の戯曲を一括してレーゼドラマと規定することは性急にすぎよう。金丸十三男氏は谷崎の戯曲を二期に分け、それぞれの時期の特色を対比的に述べている。第二期は一九二一年十二月に発表された「愛すればこそ」以降としている。谷崎の戯曲がレーゼドラマかどうかを考える上でもこの時期区分は妥当なように思われる。すなわち、レーゼドラマの傾向がつよいのは第一期のことであり、第二期になると、レーゼドラマの色彩を帯びた作品もあることはあるが、上演可能な戯曲が書かれてもいる。自作の上演に接して演出や舞台上の効果などについて学ぶところがあり、それが戯曲を書く際に生かされるようになったのである。

この時期、谷崎の戯曲を集成したものに、『潤一郎戯曲傑作集』（金星堂　一九二三年七月）、『現代戯曲全集　谷崎潤一郎篇』（国民図書　一九二五年九月）、『潤一郎喜劇集』（春秋社　一九二六年九月）の三冊がある。ここでは『潤一郎喜劇集』に収められたいくつかの作品に着目したい。現在でも喜劇が高い評価を得ることはむずかしいといえよう。諷刺性のあるものはともかく、劇の進行自体から生じる「笑い」をねらいとした作品はなかなか理解されないようである。まして、一九二〇年代に「喜劇」を冠した作品集を出すことは、それ自体注目されてよい。谷崎にどのような意図があったのか不明であるが、今日からすれば時代状況に対するアイロニーが感じられる。というのは、いわゆる近代劇の主要な流れは、イプセンを範に仰ぐ社会劇・問題劇の流れと、メーテルリンクを範に仰ぐ象徴劇・気分劇の流れであり、当時、気分劇から情緒劇へという動きに対し新しい社会劇を希求する意見が出されていたからである。

『潤一郎喜劇集』に収められた作品の中からまず「永遠の偶像」を取り挙げることにする。「永遠の偶像」は、女の性格上の欠点を知りながらも、彼女の肉体の魅力にひかれて別れることのできない男という、のちに「痴人の愛」で展開されるモティーフを描いている。小山内薫はこの作品を喜劇とみなし、次のように述べている。

この作も内容形式共に優れた、小さくはあるが非の打ち処のない作物だと思う。殊にこの作で注意すべきことは、女二人の対話の真に迫っている処である。

小山内は谷崎の戯曲に「小説のエレメントが這入り過ぎている」ことを批判したが、「永遠の偶像」はそうした弊害をまぬかれているというわけである。登場人物のセリフに観客が聞いてわからないような言葉や言いまわしがない。登場人物の間で軽妙にやりとりが交わされていく。(10) 小山内が賞讃したお絹と光子の対話は、姉と妹の置かれた境遇の違いを表わしている。芸者をしていたこともあり、相場師の妾であるお絹は、一雄の彫刻を見て、「ほんたうによく似てるわね、やつぱり商売々々で争はれないもんだわねえ。」と言う。

一雄と渡辺の対話には、舞台で演じられた時の効果を思い描くことのできるものがある。一雄が、

「どうもあの女とは別れる訳に行かないんですよ。」と言うと、渡辺が、「実際その通りなんで、あなたの前ですが、あの女には何処か云ふに云はれない好いところがありましてな、」と応じる。一雄は光子のことを言い、渡辺はお絹のことを言っているのだが、二人が話していくうちにあたかも一人の女性について話しているような観を呈する。一雄が「けれども其処がその……」と言いよどむと、「其処がその、可愛いところなんですな、」と渡辺が言いつぐ。一雄が製作中の塑像を見せると渡辺が光子をモデルにしたのかとたづねる。一雄が「えゝさうなんです。似て居ますか知ら?」と問うと、「いや、似て居ます!恐ろしいもんですな!お絹にそつくりですよ、」と渡辺が答える。この受け答えは笑いを誘うだろう。

こうした二人の対話から「永遠の偶像」という題名の意味するものがおのづから了解される。[11]「法成寺物語」で作品のモティーフが登場人物によってあからさまに語られていたのとは違う。

谷崎が作劇法を会得したことを示す別の例を挙げてみよう。「金を借りに來た男」(『改造』一九二六年五月)では、時計が劇を展開させる重要な役割を担っている。谷崎の戯曲の多くはもっぱらセリフで成り立っている。劇の展開に関わる小道具としては、「永遠の偶像」の塑像、「本牧夜話」第二幕の硫酸の小罎、「腕角力」(『女性』一九二四年二月)の染粉を入れた皿くらいを挙げることができようか。それらも劇の展開との結び付きにおいて「金を借りに來た男」の時計に及ばない。

「金を借りに來た男」は、豊田が細君に外国旅行のみやげとして腕時計を渡すところから始まる。たづねてきた長谷川は細君の時計に目をつけ、豊田に「あの腕時計はなかなかいいなあ。」と言う。自分は時計に趣味があるという。ところが、豊田が外国製の時計を見てもらおうと渡すと、長谷川は蓋の開け方がわからなくてマゴつく。観客にどうもおかしいという印象を与える。長谷川は、とどのつまり、宇佐美の懐中時計（父の形見だという）を修理のために預かったが、金にこまって質に入れたことを打ち明け、質から引き出す金を借りたいという。豊田は話が借金のことになったのを不快に思うが、長谷川に言い負かされ百円の小切手を渡すことになる。

そこへ当の宇佐美がたづねてくる。宇佐美のいでたちを述べたト書きには「その胸間には太い金鎖が燦然と耀やいてゐる。」と記され、「長谷川は此の時から、頻りに宇佐美の金鎖を気にする。」と記される。長谷川と話しているうちに宇佐美はチョッキのポケットから長谷川が豊田に話した通りの時計を取り出す。観客には質入れしたという長谷川の話が嘘であることが明らかになる。そうとは知らない豊田は小切手を書いてきて長谷川に渡す。豊田も金鎖に気がつく。登場人物の対話とは別なところで劇が進行し始める。宇佐美の冗談に長谷川は「仕方なく笑ふが、直ぐ訴へるやうな眼つきで豊田を見る。豊田ますます険悪な顔で、鎖を見ては不思議さうに長谷川を眺め、それを又宇佐美に気取られまいとする。」と、ト書きは登場人物の所作を適確に指示する。長谷川の嘘はバレるのかというサスペンスが生じるが、まことに日常的なさりげないしくざで嘘が暴かれる。豊田が、「お差支へがなかつたら御ゆつくりなすつていらしつても。」と引きとめると、宇佐美は、「今日は実は、十二時に約束がありますので。」と言って時計を出して時刻を確かめるのである。

金丸十三男氏は「金を借りに來た男」について「珍しくユーモラスな作品だが、現代生活のスケッチという点で「或る男の半日」と同系統のものである。」と述べている。なるほど「或る男の半日」はスケッチと呼んでさしつかえないが、「金を借りに來た男」の方は劇としての展開がはるかに緊密になっている。明確なモティーフも認めにくく、諷刺性も弱いかもしれない。しかし、舞台で展開されることに観客を引きつけるという演劇体験の基本的要請を満たしている。「金を借りに來た男」は、その文学性よりも演劇性が評価されるべき作品である。

「永遠の偶像」でも「金を借りに來た男」でも登場人物の関係に思いがけない転倒が生じ、それが幕切れを効果的なものにする。「永遠の偶像」では、一雄と渡辺は女たちの扱いようは心得ているといい、一雄が、「もう二三十分お待ちになつた方がよござんすね、あんまり手軽に見え過ぎてもいけませんからね、」と言って二人で話に興じる。すると、三人姉妹の末の八重子がやって来て、お絹と光子が映画を見に出かけたと告げる。一雄と渡辺はあわてて探しに行くが、二人が立ち去ると女たちが姿を現わし、彼らをこらしめてやったのだという。「金を借りに來た男」では、立ち去ろうとする長谷川を豊田が引きとめようとすると、細君が、「あなた、長谷川さんは御用がおありになるのですから、無理にお引き留めしては悪いわ。」と言い、それとは知らずに長谷川が逃げるのを助ける。細君は、長谷川がたづねて来ると夫の機嫌が悪くなるので長谷川を嫌っていたのである。はじめ、玄関のベルが鳴り、応待に行った細君が戻って来ると、豊田は「誰?」とたづねる。細君が「あたしの嫌ひな人。」と答えるので豊田がかさねて「だれ?」と聞くと、細君は「長谷川さん。お会ひになる?(険しい眼つきをする)」と答える。

谷崎はオスカー・ワイルドの戯曲「ウヰンダミーヤ夫人の扇」の翻訳を刊行(天佑社　一九一九年三月)している。近代劇協会(同作を一九一八年九月有楽座で上演した)の上山草人のすすめで翻訳したことが同書の「はしがき」に述べられている。谷崎は、ワイルドに熱中した時期もあったが、今では好きでないといい、「ウヰンダミーヤ夫人の扇」[12]について次のように述べている。

ワイルドの書いた物のうちで、比較的今でも私の気に入つて居る戯曲である。此の戯曲には割り合ひに俗悪な分子が少く、腰のうはついた所がなく、しんみりした、品のい丶、落ち着きのある喜劇だと云ふ感じがする。

この戯曲では、標題にある通り夜会用の扇が重要な小道具になっている。ダーリントン卿が「これはまあ大層結構な扇ですな。」とほめると、ウヰンダミーヤ夫人は、自分の誕生日のお祝いに夫が贈ってくれたもので自分の名前が書いてあるという。彼女はその扇を持って夜会に集まる人々を出迎えるが、夫との仲を噂されているアーリン夫人がやって来ると、「扇をしつかり握らうとして床に落とす」。夫に不信を抱き、ダーリントン卿のもとに逃げ出したウヰンダミーヤ夫人は、アーリン夫人に説得され夫のもとに帰ろうとする。そこへダーリントン卿が友達をつれて戻って来たので、ウヰンダミーヤ夫人はカーテンのかげに隠れる。男たちは扇のあるのに気づく。ウヰンダミーヤ卿はそれが妻のものであることを認め、なぜここにあるのかとダーリントン卿に詰め寄る。と、隣室から、アーリン夫人が姿を現わし、その扇は自分のものと間違えて持って来たという。人々の注意がアーリン夫人に向けられている間にウヰンダミーヤ夫人は部屋から抜け出す。翌日、アーリン夫人は扇を返しに来て、改めてウヰンダミーヤ夫人から扇を貰って去る。実はアーリン夫人はウヰンダミーヤ夫人の母親なのだが、娘はそのことを知らない。アーリン夫人も打ち明けることなく、自分は外国で暮らすつもりなので、娘の記念として扇を譲り受けるのである。
「ウヰンダミーヤ夫人の扇」は、喜劇のありよう、劇の展開に結びついた小道具の用い方という点で谷崎に何らかの示唆を与えたのではないだろうか（『潤一郎喜劇集』に収められた作品のうち、「ウヰンダミーヤ夫人の扇」の翻訳刊行よりも前に発表されたのは「春の海邊」と「或る男の半日」である）。

5

谷崎の戯曲には上演を困難にさせる要因が含まれているにはちがいないが、それを上演する演劇界の側にも問題がないわけではない。ここで取り挙げておきたいのは、一つは演出・演技に関わるものであり、一つは喜劇に対する評価に関わるものである。

注（2）に示した橘弘一郎氏の著書の記録に従って谷崎の戯曲の上演回数を記すと、「お國と五平」が十二回、「無明と愛染」が七回、「法成寺物語」、「恐怖時代」、「十五夜物語」が各五回、「信西」、「愛すればこそ」、「永遠の偶像」、「白狐の湯」、「腕角力」が各三回、「本牧夜話」、「愛なき人々」、「マンドリンを弾く男」が各二回、「春の海邊」、「彼女の夫」、「金を借りに來た男」が各一回ということになる。橘氏の著書刊行後、一九八五年までの上演回数を大笹吉雄氏の「上演された谷崎作品」（『悲劇喜劇』一九八六年九月）で補うと、「恐怖時代」が三回、「お國と五平」が一回ということになる（谷崎の小説を脚色して上演したものはすべて省いた）。

上位を占めているのはレーゼドラマの色彩の濃い作品である。といっても、ただちにそれが問題だというわけではない。一口にレーゼドラマといっても、戯曲の書き方を踏襲したのにすぎない小説もあれば、演出の仕方次第では上演することのできるものもあるからである。問題なのは、それらが主に歌舞伎の様式をふまえているために、上演する側が安直な態度で取り組むおそれがあるという点である。つとに、三宅周太郎は、『新演藝』一九二二年八月号の芝居合評会で次のように指摘している。

一体、此「お國と五平」ばかりでなく、氏の時代劇、「法成寺物語」でも「恐怖時代」でも、「十五夜物語」でも皆演出が失敗してゐます。それはなぜかと云ふのに氏の時代劇は上つ面から見ると、在来の伝統的な約束が、その人間とか、世界とか、言葉とかに取入れられてある。そのためつい演出法が在来の伝統的な時代劇の演出法に流れてしまふ。所が、表面は伝統的に見えても、氏の作品は内容はいつも近代劇です、(…)私は氏の時代劇は更めて近代劇としてやり直してやる必要があると思ひます。

わかりきったことを述べているように受け取られるかもしれないが、はたしてこの指摘に応えるだけの演出がなされてきたのだろうか。一九四九年四月、大阪歌舞伎座で「お國と五平」が坂東蓑助、片岡我當たちによって上演され、『幕間』という雑誌に俳優、演出家たちの座談会が掲載された。俳優たちの自画自賛に怒った谷崎は、「「お國と五平」所感」(『観照』一九四九年五月)で、戯曲に理解のない演出や演技を正面切って批判した。登場人物の性格を歪曲するようなしぐさを加えたり、俳優が動きまわることで仇に出会った緊迫感を損ねたりしているというのである。
演劇界における喜劇に対する評価については先にも少し触れたので、ここでは簡潔に述べておくことにしたい。『潤一郎喜劇集』に収められた作品のうち上演されたものの上演年月を見ると、「春の海邊」の上演は一九一九年十二月であり、「永遠の偶像」の上演は一九二七年二月、十月、一九三四年五月であり、「金を借りに來た男」の上演は一九三五年二月（ただし、演出家、俳優などについての詳細は不明という）である。一九四五年以降上演されていないことに注意したい。いわゆる戦後の演劇界においても、喜劇の市民権はなかなか認められなかった。「笑い」は低次元のものとしておとしめられ（大衆演芸が扱うものとされ）、「笑い」とはへだたったところで多くの演劇活動が展開された。谷崎の戯曲で、歌舞伎の様式をふまえた作品が上演され続けたのに対し、喜劇作品は上演されることがないというのは、演劇界の状況をよく表わしている。その意味では、谷崎の戯曲は不遇な扱いを受けてきたといえる。

注

（1）「方法としてのレーゼ・ドラマ」（『日本近代文学』第五十一集　一九九四年十月）
（2）橘弘一郎氏『谷崎潤一郎先生著書総目録』別巻（ギャラリー吾八　一九六六年十月）による。
（3）「谷崎潤一郎の戯曲」（荒正人氏編『谷崎潤一郎研究』（八木書店　一九七二年十一月））所収。以下、金丸氏への言及は同じ。
（4）「谷崎戯曲の位置」（『悲劇喜劇』一九八六年九月）
（5）「戯曲家としての谷崎潤一郎君が歩いて来た途」（『読売新聞』一九二三年二月。ただし、千葉俊二氏編『鑑賞日本現代文学　谷崎潤一郎』（角川書店　一九八二年十二月）所収の本文に従った）。以下、小山内からの引用は同じ。

（6）「演藝時評」（『中央公論』一九二七年五月）

（7）「明治大正文学全集谷崎潤一郎篇解説」（一九二八年二月）

（8）「凝視するシネマの目」（『悲劇喜劇』一九七六年十二月）

（9）谷崎は、映画化されなかったが、「月の囁き」（『現代』一九二一年一月、二月、四月）というシナリオを書いている。

（10）上林早苗氏は、「谷崎潤一郎の戯曲」（『立教大学日本文学』第二十四号　一九六六年七月）で、「お國と五平」、「法成寺物語」、「愛すればこそ」では「登場人物のうち誰か一人は相手を全く無視して自分自身の心情のみを解説している」と指摘している。

（11）個々の存在を超えたあるタイプがあり、お絹や光子はその具現化したものにほかならない。千葉俊二氏の「『青塚氏の話』について」（『日本近代文学』第二十三集　一九七六年十月）を参照されたい。

（12）エルンスト・ルビッチ監督が映画化し、日本では一九二五年に公開された。谷崎は、「映畫化された「本牧夜話」」（一九二四年十一月）で、「「ロジタ」に至つてはいつもながら、ルービツチユの監督の鮮やかなのに感心させられる。」と述べているからルビッチの存在は知っていたわけだが、映画「ウィンダミア夫人の扇」を見たかは定かでない。

女が女を愛するとき

1　呪われた小説

谷崎潤一郎の「卍」（『改造』一九二八年三月～一九三〇年四月。一九二九年五月、十一月、三〇年二月、三月は休載）は呪われた小説である。「卍」についで発表された「蓼喰ふ蟲」（『大阪毎日新聞』『東京日日新聞』一九二八年十二月～二九年六月）、「吉野葛」（『中央公論』一九三一年一月、二月）、「盲目物語」（『中央公論』一九三一年九月）、「蘆刈」（『改造』一九三二年十一月、十二月）、「春琴抄」（『中央公論』一九三三年六月）などは谷崎の代表作とみなされ高い評価を得ている。一方、かつては谷崎の浅薄な西洋観を示しているとされた「痴人の愛」（『大阪朝日新聞』一九二四年三月～六月、『女性』一九二四年十一月～二五年七月）は近年さまざまな観点から論じられ再評価されるようになった。これらの作品と比べると「卍」の評価はかんばしくない。発表当時から現在に至るまで一向ふるわない。[1] 一九三一年五月、宇野浩二は『改造』から依頼された原稿を書くために「卍」を読んだ。宇野の日記から関連する記述を書き抜いてみよう。

五月三日「まんじ」を買ふ。

四日「まんじ」を読み始める。(…)「まんじ」百三十四頁まで読む。

五日「まんじ」を読みつゞける。あまり面白くない。

六日「卍」(まんじ)読了。読み了つて、狐につまゝれたやうな感じ。結局、「蓼喰ふ虫」より数等劣る。

『卍』初版本(改造社 一九三一年四月)の本文は一九九ページある。宇野は五月四日には一気に全体の七割近く(「その二十二」まで)を読んだのに、残り六五ページを読むのに二日を要し、「狐につまゝれたやうな感じ」という読後感を抱いたわけである。「文学の眺望」(『改造』十月号)で宇野は「紀伊国狐憑漆掻語」(『改造』一九三一年九月)における一人称の語りとの関連で『『卍』が、小説中の一人の女の口を借りて一篇の筋を初めから終ひまで語らせるのと矢張軌を一にするものである」と述べるにすぎず、一方、「『吉野葛』は傑作『蓼喰ふ蟲』以来の優れた作だと思ふ。」という。

河野多恵子氏は、「実際、谷崎の作品群には、多くの優れた芸術の居並ぶ一方、殊に「卍」以前には愚作も混っているが、中絶を別として、愚作もまた完成度に於いては一応の愚作的完成度とでもいうものを示している。「卍」ほど完成度に欠ける作品は珍しいのである。(…)幾つかの中途半端の様相の絡み合いで成り立っているのが、この作品なのである。[2]」と手きびしい評価を下している。

「卍」は作品そのものに対する評価が低いばかりではない。そこで語られているレスビアンに十分な検討が加えられているとはいえないのである。河野氏は、「異性の作者による同性愛小説としては、この作品は森茉莉氏の「枯葉の寝床」には及ばないのである」というが、そう判断した根拠については何も述べていない。「卍」の語りのありようを詳しく分析した佐伯彰一氏は、「『卍』で谷崎は、風変りな性的関係の組み合せを幾重にもかさね合せ、からみ合せて見せる。まず語り手の柿内園子の、徳光光子とのレスビアンの関係があり、ついで、性的不能のドン・ファン、綿貫と光子との関係があり、最後に、園子と夫柿内の、光子を中にはさんだ三角関係があらわれる。[3]」と述べている。たしかにストーリーの展開をたどるなら佐伯氏の指摘するとおりで、ことに後半になると作中人物たちは嫉妬につき動かされるようになり、レスビアンは影がうすくなる。しかし、綿貫も柿内もレスビアンの磁場のうちに囚われているのである。綿貫については、「そのうちに或る女が秘密嗅ぎつけた云ふのんは、その女がやつぱり同性愛の習慣あつたのんで、一人前の男やなうてもどないしたら女に愛されるか云ふこと綿貫に教せ込んだらしい」（その二十三）と述べられている。柿内は（初版本で削除されたが雑誌掲載分の「その十三」で）、「あの光子さんの手紙読んだら、まだまだ自分は熱情が足らん云ふ気ンなつて、急にお前が十倍も二十倍も恋ひしなつたんやもん。」と園子に語っている。

三島由紀夫は次のように述べている。

「卍」におけるレズビアニズムといふ、男性の自意識を全く免れた世界。（あの封筒の描写による客観性設定の巧みさを見よ）。

「卍」は、かくて谷崎氏が容赦なく深淵の中へ手をつつこみ、登場人物を冷酷に破滅へ追ひ込んでゆく手腕において、卓抜なものである。この傑作に見られる、フランス十八世紀風な「性」の一種の抽象化、性的情熱の抽象主義は、遠く晩年の作品「鍵」や「瘋癲老人日記」に、その影を投じている。しかももつとも怖ろしい「卍」にせよ、もつとも美しく完璧な「春琴抄」にせよ、人間が最後におちこむ深淵には、性的至福が漲つてゐるのである。(4)

「卍」を「傑作」と称しているが、「レズビアニズム」に関して何ほどのことを説いているだろうか。おなじ文中で、自分の肉体を美と化そうとするナルシシストの野望と死を語り、しかも金を塗りたくった死体を見る語り手のまなざしにホモセクシュアルな気配がうかがえる谷崎の「金色の死」(『東京朝日新聞』一九一四年一二月)を詳細をきわめて論じたのとは対照的である。「性的情熱の抽象主義」として他の作品と関連づけられるとき、「卍」に固有の様相はかえって見失われてしまう。

塚本康彦氏は次のように述べている。

確かに題材・話柄として、このレスビアニズムを職としてはいるにせよ、その牢乎として根深い本質、その実相の熱と幅がここで存分に闡明・活写されているとは到底考えられなかった。大体、肝腎の恋愛性愛の情景が至って貧しい。(…)結局、かのシーツの条程度が濃抹の最たる部分であって、あれに列伍・呼応して、作品をまともなレスビアニズムの文学として赫奕然たらしむる描写は『卍』には他に絶無なのではなかろうか。(5)

三島が特筆した「封筒の描写」に一言も触れていないのはともかく、塚本氏の意見は歴史的なコンテクストを配慮していないところに問題がある。塚本氏は「本格物」としてラドクリフ・ホールの

『さびしさの泉』とローザ・ガイの『女友だち』をあげている。「現代ニューヨークのハーレムにおけるレスビアンラブを真正面から扱っ」ているという『女友だち』との対比は論外としても、「卍」が『改造』に連載されはじめたのとおなじ一九二八年（塚本氏は言及していない）に発表された『さびしさの泉』に関し、「男性そっくりの体軀・性向を有し、同性に対してしか恋情欲情を湧かし得ぬように宿命づけられたヒロインの喜悦と懊悩が終始、（…）抑制された筆致でもって誠実に、細叙されている。」と評価しているが、リリアン・フェダマンは、これとは異なる指摘をしている。

ラドクリフ・ホールの小説『孤独の井戸』さえ、ようやく女二人が恋人どうしとなり、「その夜、二人は別々ではなかった」というのがやっとだったのだ。女性によって英語で書かれた最初のレスビアン性描写もここどまりだった。[6]

吉屋信子の『屋根裏の二処女』（一九二〇年一月）や「或る愚しき者の話」（一九二五年一月〜八月）にしても、山田順子の「下萠ゆる草」（一九二七年一月〜六月）にしても、同性愛である二人の女性の関係は精神的なものとして描かれている。「卍」の「かのシーツの条」のような、女性が女性の裸体を見るという場面はない。「卍」はこうした歴史的コンテクストに置かれたとき、はじめてその鋭さをあらわすのである。

2　女学生の友愛という〈物語〉

「卍」と同時代に流通していた女性の同性愛をめぐるさまざまな記述と対比することで、「卍」におけるレスビアンの位相を明らかにしたい(7)。

光子は母と次のようなやりとりをしたことを園子に伝える。

お母さんがわたしを呼びはつて、お前、学校でこんな噂があるさうだつけど、それほんとでつかと、そない云ひますねん。へえ、そらそんな噂あることはありまつけども、いつたいお母さん、何処で聞きはりましてん？　そらまあ何処でもよろしおまつしやないか。それよかそらほんまの事でつか？　へえ、そらほんまです、そやけど何がけつたいでんねん？　友達と仲好うしてゐるぐらゐで。――さう云うたらお母さんちよつとまごつきはつてなあ、そらお前、仲好うしてるだけやつたら何ともないけど、何やそれがイヤらしいこッちやと云ふやおまへんか。イヤらしい事てどんな事でんねん？　どんな事やかお母さんは知りめんけどな、別に悪い事やなかつたらそんな噂立つ筈がおへんやないか。（その四）

女学生の同性愛は、公然とというわけではないが、友愛関係としてなら一応は認められていた。光子に「そやけど何がけつたいでんねん？　友達と仲好うしてゐるぐらゐで」と問われ、光子の母が

「ちょつとまごつき」、「仲好うしてるだけやつたら何ともないけど」と答えざるを得なかったのは、友愛関係ならとがめるべきではないという社会通念が、二人の間に暗黙の了解として横たわっていることを示している。浅野正道氏は、田村俊子の「あきらめ」（一九一一年一月〜三月）を論じるに際し、同時代の『青鞜』に掲載された「レズビアンを扱ったテクスト」をはじめ、いろいろな雑誌に掲載された女学生の同性愛をめぐる論説を参照し、「「性欲」という問題系において、〈対象〉としての同性愛」は「病的肉慾」と「純然たる友愛の情の熱烈なるもの」との「二つに分割されていた」と指摘し、「ごく少数の「全く手の着けやう」のない者は例外として、単に「男女隔離主義」という環境に起因するに過ぎない、多くの〈仮性〉の同性愛者は、やがてその環境を出ると、結婚という「燃ゆべき適当の際」に異性愛という「正常な性慾衝動」を「発展」させていくものとして期待されていたのである。[8]」と述べている。さらに浅野氏は、女学生は「男性から隔離された女性だけの絆を形成しなければならないが、その絆をあまりにも深め過ぎてはいけないという」「矛盾した要求に拘束されることに」なり、しかもそれが矛盾である限り「あまりにも同性の絆を深め過ぎたり、あるいは、一生同性を愛し続けたりするような女性たちを〈間違って〉生みだしてしまうような余地がどうしても残されてしまう」ことに注意をうながしている。

「あきらめ」の発表から十年あまりたっても事態に変化は認めにくい。『主婦之友』一九二五年二月号は「女学生間に見る同性愛の研究」と題し、倉橋惣三「女学生間に起る特殊親交の問題」と河崎夏子「特殊親交は憂ふべきものか」を掲載している。二人の文章の前に、（記者）と文末に付された無題の文がある。「年若い婦人の団体をなすところ、例へば女学校の寄宿舎などに於て、友愛を超えたる同性間の交友を見ます。往復する手紙について、また日常の起居動作に於て、これは周囲の何人の目をも惹くところの事実であります。」と書き出し、これを「単純なる性愛的の問題として解決」してしまうのではなく、「青年心理の立場から検討し」観察することで本質に触れることができるとし、次の「二つの記事は」「新しき見解と指導の方法を示したものであると思ひます。」と結んでいるが、倉橋にしても河崎にしても格別「新しき見解」を述べているわけではない。「東京女高師附属高女主事」という倉橋は、「一人の生徒が他の一人の生徒と人間的に相触れて特殊なる親しみを結ぶに至ったといふことを、あるがまゝに見てゆかうとするならば、そこには論ずべきほどの問題もないのでありますます。」と述べ、「文化学院」の河崎は、「特殊親交」を結んだ二人に対し監督者は「できるだけ磊落な気持をもつて、これに対し、でき得るならば最後まで、友愛として生かしきつてゆけるやうに力を添へなければなりませぬ。熱情的な感激の期間といふものは、さう長く続くものではありませぬ。」と述べている。「友愛を超えたる同性間の交友」を問題にする「記者」の意識とは大きなズレがある。倉橋は、「外のことでは、平凡な普通な生活をしてゐながら、その一人の対象に対しては過度なる感情を持つ」と「生活が全く、破産するの危険に導かる、のであり」、ひいては「人間性そのもののさへも破滅してゆく」危険があると訴えているが、どういう基準で「過度」と判断するのかも、どう対処すればよいのかも明らかにしていない。河崎は、「多くの例のうちには深い友愛が原因で、結婚を拒んだといふことも、ないではありませぬが、これらは、ほんたうに特殊な場合にのみ見る事実に過ぎないのであります。」と述べている。友愛を越えた関係を「例外」として排除してしまうのである。

女学生の友愛関係を摸倣することで女性同士の絆が結ばれることがある。一九二五年一月、吉屋信子は個人誌ともいうべき『黒薔薇』を刊行する。第二号（二月）から、「鸚鵡塔」と題した読者のページを設けている。[9] 第三号（三月）の「鸚鵡塔」に掲載された「貞子」の文は「信子先生（先生とお呼びしてはいけないとおつしやつたし何とお呼びしようかしら？）」と書き出し、[10]「信子お姉さま（お姉さまとお呼びしてもよくつて）」と書いている。「栃木福島間の山麓にてH　I」の文には「姉様、防風林の蔭を行く五台の馬車を御想像下さい。」という一節がある。作家と読者の関係であるはずのものを、女学生の友愛関係になぞらえようとする意識がうかがえる。実は、そうした幻想を抱かせる責任の一端は吉屋信子にある。たとえば、第一号巻末の「御挨拶」に「どうぞ黒しやうびと呼んで下さいませ、ね、その方がそら何んとなく、つまり感じがい、でせう。」といった言いまわしを用いている。第五号（五月）の「鸚鵡塔」に掲載された「くさのとり」（「私共中年の女」と記している）は「巻尾のお言葉の中に時々浮調子な女学生でもが使ふ様な言葉の出て来ること、私など歯が浮く様な気がします。」と苦言を呈している。

園子は夫から光子との関係を問いただされたとき、夫が、「それに第一、きやうだいでもないのんに『姉ちやん』やの『妹』やの云ふのんから、僕は気に入らん。そんな呼びかたしてたら誰かつて清い交際や思エへんでエ。」と言うのに対し、「あほらしい！　あんた女学生間のことちよつとも知らんねんなあ。誰でもみんな仲のええもん同士やつたら、『姉ちやん』や『妹』や云ふのん珍しいことあれへんわ。そんなこと不思議がんのんあんたぐらゐなもんやわ。」（その八）と答える。園子は夫がやつぱり「ただの仲好しやと思てるやらうと、たかをくくつてゐ」た。光子との関係を女学生の友愛関係になぞらえることで夫を納得させようとした。のちに園子は「ちゃんとした家庭の奥様同志どないに仲好うしてたかて誰が何ちふもんあるやろ。」（その三十）と考える。光子が結婚しても友愛関係でカモフラージュすることができるというわけである。しかし、どの程度なら友愛関係として許容されるのか、ボーダーラインは定かではない。園子自身、ボーダーラインの不確かさにまどわされ、かえって夫の不審をまねく行動を自分がしていることに気がつかなかった。柿内は二人が二階の寝室で何をしているかを「清《きよ》に聞いて」知っていると言い、「なんぼ女同士やかて昼日中若い女が裸になつて遊んだりして、お前等まるで気違ひ沙汰やな。」と批難する。

河崎夏子は、「寄宿舎などに於て、夜を更かしながら、毎日逢うてゐる友人へ手紙を書くもの」を「埒外に出でた友愛」の例としてあげた。吉屋信子は、「或る愚しき者の話」一一（『黒薔薇』第四号）で、教え子から手紙を受けとった女教師が「此のひとはよく女学生の使ひたがる鈴蘭やチユーリツプやへんな模様入りのレターペーパーつていふのを使はずに白の用箋を使つてゐるのが心をひかされるほど好き」と思ったと書いている。田中俊男氏は、園子が光子に宛てた五月六日の手紙の一節と吉屋信子の『花物語』（第一巻、第二巻、一九二〇年五月）の一節とを対比して、次のように述べている。

窓辺にたたずむ少女（女性）と花の組み合わせ。「かぼそい愁い」や「あるかなきかの匂ひ」と、園子の「あえかなためいき」（「あえかに」という単語は『花物語』に頻出する）。繊細な少女性を象徴する符丁の数々に共通部分を指摘できる。[11]

園子は自分を『花物語』の少女になぞらえてこの手紙を書いているといえようが、光子が園子に宛てた五月十一日の手紙では、「姉ちゃん」という呼称こそ用いているものの、おおいに様相を異にする。

姉ちゃん。

光は今日一日機嫌が悪かつたの。床の間の花をむしつたり、罪もない梅（専ら光子に侍いてゐる小間使ひの名）を叱り飛ばしたり、信雄（光子の弟、五つ歳下）にあたり散らしたり、……

光はきつと日曜になると機嫌が悪いの。なぜつて一日姉ちゃんに会へないのだもの。日曜にはハズさんがゐるから来てはいけない――なぜいけないの？　でも電話ぐらゐならと思つて、さつきかけたらハズさんと一緒に鳴尾へ苺狩りに行つてお留守！　まあお楽しみ！

ひどい、ひどい！

あんまりやわ、あんまりやわ！

光は一人で泣いてゐます。

たまには姉ちゃんのゝゝゝゝゝゝゝゝゝゝ可愛い白いあてゝの足を想ひ出して！

いつ又姉ちゃんはあんぺいのやうなゝゝゝゝゝゝゝゝゝゝゝくれるの？

あゝ、あゝ、あゝ、

くやしいからもうなんにも云はない、

（その七）

園子が夫と一緒にいることに嫉妬して（あるいはそのようなフリをして）、それに対抗するかのように光子は自分の足（初版本で「可愛い白いあての腕」と書きあらためた）に言及して園子の気持ちを煽ろうとする。「あんぺいのやうな」（「あんぺいと云ふのは東京語のはんぺんである」と書きそえてある）というのも肉体にかかわる形容であろう。園子が『花物語』とおなじくロマンティックな思いを書きつづっていたのに対し、光子は相手の性的欲望を喚起しようと躍起になっている。「作者」は園子と光子がやりとりした封筒のデザインについて、「とにかくその毒毒しいあくどい趣味は、さすがに大阪の女である。さうしてそれが相愛し合ふ女同士の間に交されたものであるのを思ふ時、尚更あくどさが感ぜられる。」（その七）と述べている。三島由紀夫は「あの封筒の描写による客観性設定の巧みさを見よ」と述べていたが、読者はあらかじめ「あくどさ」という「作者」の感想をすりこまれたうえで封筒や便箋のデザインの記述に接することになる。『屋根裏の二処女』第五篇五では、伴きぬ子が秋津に宛てた手紙について、「ある時は水色に白く蘭の花を抜いた、みやびな絵封筒であった、ある時は淡紅色に小さいさくらの花の染め模様の封筒であった、ある時は白地の鳥の子に銀箔を霰にちらした高貴な封筒が使われてあった。」と述べている。「卍」の読者はこうした繊細な美的センスを、園子と光子がやりとりした封筒などのデザインから読みとることを「作者」によって封じられているのである。

3　レスビアンへのまなざし

川崎賢子氏は『屋根裏の二処女』について、「〈屋根裏〉の娘たちは、男を愛するべきなのに愛せないから女を愛するのではない。女を愛する女だから、男を愛さない、その必要がない女たちなのだ。（…）秋津は、〈自我〉という観念にさきだって彼女をもとめる章子、抑圧の結果彼女との同性愛への閉域におしやられる女ではなく、女を愛することがエロスの解放であるような女をえらぶのだ(12)」という卓見を述べている。同時代の「性欲学」研究者が女性の同性愛について関心を寄せたのはもっぱら女性の「男性化」の側面に対してであることを考えると、『屋根裏の二処女』の章子と秋津にしても、「卍」の園子と光子にしても、「男性化」とはまるでかかわりのないことは注目に値する。彼女たちは自らのありようを女学生の友愛関係になぞらえつつ、そのボーダーラインを越えたととらえることができよう。園子は、「私の方があんまり真険で熱烈でしたさかい」、光子は「だんだん利用する心持ちからほんまの愛情に変つて行きなさつた。」（その二十四）と述べている。

　しかし、『屋根裏の二処女』も「卍」も「女を愛することがエロスの解放である」と手放しで主張しているわけではない。『屋根裏の二処女』第三篇三では、「同じ性のひとを恋うという――世にもあわれに、いじらしい、ひそやかにしかももの狂わしい愛慾の悩みを章子は打ちふるえながら受けねばならなかった。」とか、「もしも、もしも自分のはずかしいこのかたわの愛を育んでいる心をそのひとが知ってしまったら……とあり得ないようなうたがいさえも起ってわれとわが身をさいなみつくさねばやまないほどの羞恥に恐れ怯えて苦しむのだった。」とかと述べている。吉屋信子は、『黒薔薇』第一号の「純潔の意義に就きて白村氏の恋愛観を駁す」や第二号の「菊池寛氏の作品に就きて或る傾向を難ず」では彼らの女性蔑視を糾弾し、第三号の「都下新聞の記事と写真」ではマスコミ批判（女性の断髪に言及している）を述べ、第五号の「憎まれ草」では「働く女性」に関する嘉悦孝子の凡庸な考えを批判していて、「私はエッセイめいたものは舌たらずで不得手である」というにもかかわらず、めざましいところを見せている。ところが、小説で女性の同性愛に言及する段になるとトーンダウンしてしまうのである。「或る愚しき者の話」の語り手は、「同じ学校の寮舎の美しい友達を死ぬほど思ひつめてしまつた」。相手もその熱愛をうけいれてくれた。二人の仲が寮監に知られ呼び出しをうける。相手の女性が呼ばれた後、語り手がいくと、寮監は語り手に、「友情以上のものを請求して脅迫がましい振舞をなさるのですね」と断じ、結局語り手は退学に追い込まれる。中学校の教師になった語り手は同性を欲する自分を叱責し、「異性の前にへりくだり献身の愛をさゝげて見やう、それに努力しそこに自分の青春の救ひ道を見出さねばならぬ、（…）日陰の路で無く大手を振つて衆にまみえ得る公道で人類の自然道である、たとへ自分の身体の中に反自然の恐ろしい血が流れてゐても、それを美事に征服し打ち勝たねばならぬ」と考える。

園子は綿貫に、「女が男愛する云ふことは自然やけど、光ちやんと私とはなんぼ熱烈に愛し合うてたかて自然に背いてるさかい、もし孰方《どつち》ぞが捨てられる云ふことになつたら私の方が捨てられます。光ちやんの家の方《かた》にしたかて、あんたには同情しやはりますやろけど、私に同情してくれる人誰もあれしません」（その二十一。初版本で「女が男愛する云ふことは自然やけど」という一節を削除した）という。綿貫の口車にのせられたとはいえ（このとき園子は綿貫が性的不能者であることを知らない）、ほかならぬ園子自身に「異性愛は自然だが同性愛は不自然だ」という考えを口にさせるのは、これまでの彼女のひたむきな愛情に水をさすものであろう。

綿貫は柿内を訪れ、園子と交わした誓約書を見せる。柿内はそれをあづかり園子に釈明を求める。

柿内は、「お前かて自分の過去の行ひが、どないに汚《けが》れた、人間の道に外れてるもんか云はんかて分つてるやろ。」、「それも普通の意味での恋愛やとか三角関係やとか云ふのんやつたら、まだ話しよも同情のしよもあるけど、此の証文に書いたあるやうなこと、誰が読んだかて気違ひとより思エへんで。一旦そんな習慣ついたら眼エさめたかて中中取り返しつけへんけど、今のうちやつたらまだどないぞなるやろさかい、よう落ち着いて考へてみて御覧。」（その二十九）という。いうまでもなく「普通の意味での恋愛」とか「三角関係」とかいうのは異性愛のことをさし、異性愛なら同情の余地はあるというわけで、ここにも「異性愛は自然で同性愛は不自然」という考えをうかがうことができる。

『屋根裏の二処女』第四篇一では、章子と秋津がおなじ部屋で暮らすことになり、「この狭い青い三角の部屋には世にも美しいその寝床ひとつだけで充分であった、それゆえ臥床はその美しいひとつだけを夜ごとにふたりとも使った。」といい、「……」を多用して文脈をあいまいにする吉屋信子独特な文で、二人が抱擁するさまを述べる。次に引用するうちの最後の一節は肉体の動きをほのめかしているのだろうか。

……秋津さんのリンネルの寝衣は淡い木犀のような匂いがした……いつとしはなく、その木犀の花の香りが章子のネルの寝衣の袖にも移った……かくて木犀に似てなつかしく薫れる夜の臥床に……ふたりの腕は搦むように合わされた……やさしく刻む心臓を包むふたつの胸も……始めもなく、また終りえしらぬ優しい夢に二つの魂の消え入るごとく……柔らかく嫋やかな接触……潤う赤い芭《はなびら》のわなないて溶け入るごとき接吻……柔らかに優しく流れて沈みかつ浮かび消えゆき溶け入りて溢るる暖き波動……。

日本画のモデルとして裸体をシーツでおおった光子を見た園子はシーツをはがそうとして、そうはさせまいとする光子と争う。

シーツの破れ目から堆く盛り上つた肩の肉が白い肌をのぞかせてゐるのを見ますと、いつそ残酷に引きちぎつてやりたうなつて、夢中で飛びついて、荒荒しくシーツを剝がしました。(…)二人は腕と腕とを互ひの背中で組み合うて、ゝゝゝゝゝゝゝ、どつちの涙だか分らない涙を口に飲み、どつちのゝゝだか分らないゝゝを胸に聞きました。

(その六)

どちらも「女を愛することがエロスの解放である」ことを示す記述であるが、ここからレスビアンを積極的に評価しようとする姿勢は生まれなかった。吉屋信子も谷崎潤一郎も「異性愛は自然で同性愛は不自然」という同時代の社会通念を打破するにはいたらなかったのである。

4　谷崎のワイニンゲル受容

野口武彦氏は、「饒太郎」(『中央公論』一九一四年九月)に「彼はふとした機会からクラフトエビングの著書[13]を繙いたのである。」と記されているのに触発され、谷崎の一九一〇年代はじめの小説における「作中人物たちは意外なまでに正確に性心理学上の症例、クラフトエビングがその著書 Psychopathia Sexualis で分類しているいくつかのマゾヒズムの類型に合致している事実は注意してよいことのように思われる」[14]と述べている。ところで、谷崎はもう一人、「性心理学」の研究家に言及している。「捨てられる迄」(『中央公論』一九一四年一月)で「彼はいつぞや「男女と天才」を読んで、ワイニンゲルの所説を聴いてから、いよ〳〵自分の体質にWの特長の多い事を感じた。」(二)と述べているのである。オットー・ワイニンゲル Otto Weininger は今日では忘れられた存在である。『男女と天才』というのは、彼の唯一の著書 Geschlecht und Charakter(『性と性格』一九〇三年五月)を片山正雄が「或は抜萃し、或は其の梗概を伝え、之に解説を施して」訳述したものである(大日本図書 一九〇六年一月)。同書には露骨な女性蔑視とユダヤ人蔑視(ワイニンゲル自身ユダヤ人だったのだが)が説かれているから、今日では評価されることはないであろう。しかしながら、一九二〇年代の日本においてワイニンゲルの考えは「科学」の名の下に論じられていたのである。その様相をみていく前に、谷崎がどう受けとめていたかということに触れておきたい。

ワイニンゲルは、人間を男性と女性に分け各々を均一な存在と考えるのはあやまりで、どんな男性にも女性的な要素があり、どんな女性にも男性的な要素があり、女性的な要素のまったくない男性とか男性的な要素のまったくない女性とかいうのは実際にはありえないと説いた。[15]「創造」(『中央公論』一九一五年四月)で「人間に純粋の男や女がないのと同じく、その肉体も両性の長所が交らなければ完全な美は得られないのさ。」と述べたり、「恐怖時代」(『中央公論』一九一六年三月)で「前髪姿の、国貞流のうら若い妖艶な美男子で、女のやうな優しい口の利き方をする癖のあるのが、何となく油断のならない、狡猾らしい感じを与へる。袴も着物も派手でなまめかしくて、女性的の優雅と妍謫と、男性的の智慮と豪胆とが巧みに織り交ぜられた人間である事を想像させる。」と述べたりしているのは、ワイニンゲルの男女観をふまえてのことである。

ワイニンゲルはまず肉体に男性的要素と女性的要素の混在を見てとることができるとし、「男子にして鬚髯乏しく筋力足らざる者あり。（…）女子にして頭髪短かく、髯痕濃くして、而も胸部肥大、骨盤濶大なるものあり。」といい、「甚しきに至りては、女性の上膊と男性の下腿とを有し、右腰は女性的にして、左腰は男性的なるものあり。」と述べている。ワイニンゲルにとってこうした肉体のありようは、あくまで心のありようを類推するための手がかりにすぎない。性格における男性的要素と女性的要素を判別し男性的要素こそ高く評価できることを解明するのがワイニンゲルのねらいである。ところが、谷崎の作品の作中人物はどちらかといえば肉体に重きを置いている。先に引用した「捨てられる迄」の一節に「Wの特長」とあったのは女性的要素のことであるが、「湯上りの際、赤裸のまゝ鏡の前に彳んで、ジッと両脚の恰好を視詰めて居ると、彼は自分の性《セックス》が次第々々に女性の方へ転化して行くやうに覚えた。」と述べている。「青い花」（『改造』一九二二年三月）でも「就中女に似てゐたのは腰から下の部分だつた。ムッチリした、色の白い、十八九の娘のそれのやうに圓く隆起した臀の肉を、彼は屢〻鏡に映して愛撫しながらウットリとした覚えがある。」と述べている。「女人神聖」（『婦人公論』一九一七年九月～一八年六月）の由太郎は妹の光子とおなじく器量よし（「二人の顔立ちはさながら左右の掌のやうによく似てゐた。」という）であったが、思春期を迎え男性的な特徴が肉体にあらわれはじめる。由太郎にはそれが嫌でたまらなかった。

由太郎の体には、だん〳〵女らしい美しさが消えか丶つて居たのである。たをやかな、やんはりとした曲線で出来て居た肉体の下から、強い尖々《とげとげ》しい筋骨が次第に持ち上つて、「男の逞しさ」が傷ましく露はれて来たのである。（…）誰も居ない時、そつと鏡に向つて見ると、以前は優しく細そりして居た鼻筋が、いつの間にやら妙に骨張つて、太く堅くなつて居る。さうして、しんこ細工か何かのやうにふつくらと張つて居た下膨れの両頬から、唇の周《まはり》へかけて、いやらしい青鬚が、少しづ丶生えか丶つて居る。

ワイニンゲルが述べているように、当時鬚は男性的要素をもっともよく表象すると考えられていた。ところが、自分の肉体から女性的要素が失われ「男の逞しさ」があらわれてきたのを「傷まし」いと思う由太郎にとっては、「いやらしい青鬚」（「青」は鬚が濃くないことを示していよう）なのである。「捨てられる迄」では「幸吉はどうかすると、自分が全然女のやうな感情に支配される時がある事を発見した。」といい、「例へば今、彼は鏡に向つて化粧して居る。お白粉こそ使はないが、髪を分け、髯を剃り、油を着け、化粧水を塗る。さうして、其れは恋人に媚びんが為めなのである。（…）綺麗になつた自分の皮膚や、唇や、髪の毛に対して、包み切れない一種の喜びをさへ感じて居る。女が男を待つ時と少しも変らないではないか。」と述べている。化粧をほどこされた肉体を通して心を女性のほうに近づけている。「魔術師」（『新小説』一九一七年一月）では「一番私の意外に感じたのは、うら若い男子だとのみ思つて居た其の魔術師が、男であるやら女であるやら全く区別の付かない事です。（…）私は彼の骨格、筋肉、動作、音声の凡ての部分に、男性的の高雅と智慧と活潑とが、女性的の柔媚と繊細と陰険との間に、渾然として融合されて居るのを見ました。」と述べていて、本来は性格を表わす言葉を肉体に属するものの形容に用いている。心と肉体が切り離されていないのである。

　第二次性徴をはっきり示していない両性具有的な肉体の例をつけ加えておこう。「魔術師」では「たとへば彼の房々とした栗色の髪の毛や、ふつくらとした瓜実顔の豊頬や、真紅な小さい唇や、優婉にして而も精悍な手足の恰好や、其れ等の一点一画にも、此の微妙なる調和の存在して居る工合は、ちやうど十五六歳の、性的特長がまだ充分に発達し切らない、少女或は少年の体質によく似て居ました。」と述べている。「鮫人」（『中央公論』一九二〇年一月、三月～五月、八月～十月）では浅草オペラのスターである林真珠について、「まだ十分「女」になり切らない手足が長くすんなりと伸び、丸味を持ち出した胸と腰以外は美少年のやうな優雅なすばしツこい体つきだつた」と述べている。林真珠をいささか粗暴にしたのが「痴人の愛」のナオミである。

　園子は綿貫を女性的な要素の多い人物とみなしている。

> その男云ふのんが、いかにも光子さんの好きさうな輪廓の整うた女のやうな綺麗な人で、眉毛のうすいのんと眼の細いのんがこすさうな感じを与へますけど、私かつて見た瞬間に「美男子やなあ」思たぐらゐな顔だちで、（その十）

> 時彦よりもずつと女性的で、眼が細うて眼瞼が脹れてて、眉の間を神経質らしいピクピクさす癖あつて、なんや知らん陰険らしいのんです。（その十八）

始めて会うた時から女みたいな男やと思てましてんけど、そない云うて話してますと、表情や物の云ひやうまで女の腐つたんみたいにねちねちしてて、何やうるさい程執拗《しつこ》うて、横眼でヂロヂロ邪推深さうに人の顔色うかがうたりして、
（その二十）

園子は綿貫が性的不能者であることをまだ知らない。したがって「女みたいな男」という印象は性的不能とはかかわりがない。性的にあいまいな存在であるらしい綿貫は、一方では世間の人に自分を「男」と思わせるために光子と結婚しようとさまざまな画策をめぐらしたりもするのである。

『男女と天才』は一九二五年五月に『男女と性格』と改題して人文社から出版された。同書の「はしがき」によると『男女と天才』は「一年ならずして版を重ぬること七回に及び」ということなので、谷崎も『男女と天才』という訳書の存在を知る機会があったのかもしれないが、彼がワイニンゲルに関心を寄せるきっかけをつくった可能性のある作品がある。鷗外の「青年」[16]である。その「十二」（『昴』一九一〇年十月）に次のような場面がある。小泉純一は、講演会で知り合った大村と大宮まで出かけることになり、駅の待合室で列車の出発を待っていると、五十を越えた女性がまわりの男女五六人にテキパキと指図しているのを見かける。大村によると彼女は高畠詠子といい「東京の女学校長」で、「あらゆる毀誉褒貶を一身に集めた」ことがあり、「演説が上手で、或る目的を以て生徒の群に対して演説するとなると、ナポレオンが士卒を鼓舞するときの雄弁の面影がある」女性だという。大村は言葉をついで次のように述べる。

君、オオトリシアンで、まだ若いのに自殺した学者があつたね。Otto Weininger といふのだ。僕なんぞはニイチエから後の書物では、あの人の書いたものに一番ひどく動かされたと云つても好いが、あれがかう云ふ議論をしてゐますね。どの男でも幾分か女の要素を持つてゐるやうに、どの女でも幾分か男の要素を持つてゐる。個人は皆 M＋W だといふのさ。そして女のえらいのはMの比例数が大きいのださうだ。

純一と大村は同時代のヨーロッパ文学、哲学の動向に敏感で互いに意見をかわす。その大村に、「ニイチエから後の書物では、あの人の書いたものに一番ひどく動かされたと云つても好い」と鷗外は言わせている。(17) ワイニンゲルは女性解放運動に関し、「女（W）には此の解放の要求なく、従って其能力なし。真に解放を得むと努め、多少其名声に称ふ実力あり、又精神上群を抜く所ある一切の婦人に於ては、必ず多数の男性的特徴の見るべきものあり」と述べている。大村の発言はそれをふまえているが、その女性蔑視についていては触れていない。

谷崎とワイニンゲルをつなぐ媒介を「青年」がはたしたかもしれないことを示す場面がもう一つある。純一が、「さつきお話のワイニンゲルなんぞは女性をどう見てゐるのですか。」とたずねると、大村は、「女性ですか。それは余程振《ふる》つてゐますよ。なんでも女といふものには娼妓のチイプと母のチイプとしかないといふのです。」と答える。「蓼喰ふ蟲」の要は、「僕にはどうも娼婦型の女は別れ易くつて、母婦型の女は別れにくいやうな気がする」と述べている。「青塚氏の話」では、作中人物の一人が、「此の世の中には君や僕の生れる前から、『由良子型』と云ふ一つの不変な実体があるんだよ。」といい、「それから彼は又「実体」の哲学を持ち出して、プラトンだのワイニンゲルだのとむづかしい名前を並べ始めた」と述べられている。

5　性欲学の大衆化とワイニンゲル

古川誠氏によると、[18]「一九二〇年代とは「セイ」＝「性」＝「性欲」という認識枠組みが社会に定着していった時代」であり、「性欲学の知識の供給者が日本人によって担われるように」なり、読者として一般大衆を想定した「通俗的性雑誌」が次々と刊行され、その雑誌において知識の供給者と受け手との間にコミュニケーションが成立したという。『男女と天才』が『男女と性格』と改題され一九二五年に刊行されたのもそうした時代の動きにうながされてのことだった。同書の「はしがき」には、「此書は久しく絶版となり、近時ワイニンゲルの名が、我国に於ても益々喧伝されてゐるにも係はらず、其学説の要を知らむとする人々の需要に応ずることができなかつたのを、今回図らずも水守亀之助氏の好意に依り、時世に必要なる訂正増補を加へ、装を新にして再び世に出づることになつた。」と述べられている。

ワイニンゲルがどのように「喧伝」されていたのか、その一端は雑誌『女性』[19]の紙面にうかがうことができる。赤木桁平は、一九二二年十二月号に発表した「西鶴の描いた女性」でワイニンゲルに言及し、「彼に従ふと、女性に於ける最も著しいタイプに母の型と娼婦のと《ママ》型がある。現実に於けるすべての女は、この二つのタイプの何れかに属するか、若しくば《ママ》、この二つのタイプの何れをも具備してゐる。（…）母としての女にとつて必要なものは、子供を与へて呉れる男であるが、娼婦としての女にとつて必要なものは、性欲の満足を与へて呉れる男である。」と述べている。一九二五年五月号に掲載された「女？第五回女性談話会」では里見弴が、「男の中には女があるし、女の中には男があると云ふワイニンゲルの思想も安つぽいやうだけれど、だん〳〵考へて見ると思ひ当る点はあるね。結局、男女の相異は心理的に云ふと情欲の性質の相違と云ふことになるかも知れない。」と発言している。一九二八年二月号の室伏高信「何人と結婚す可き乎」は、同誌の「編輯後記」で「新時代の人々の恋愛と結婚について、深き理解と洞察をもつて、新しい恋愛の方向を示したものでありま す。」と推賞されているが、結局のところ、ワイニンゲルの男女観にもとづき男も女も各々自分に足りないところを補う相手と結婚し、男性的要素と女性的要素とのバランスを保つべきだと説くにすぎない。男性的要素の多い男性が女性的要素の多い女性と結婚するのが望ましく、男性的要素の多い男性が男性的要素の多い女性と結婚したり、女性的要素の多い男性が女性的要素の多い女性と結婚したりするとうまくいかないという。彼らはワイニンゲルの考えを認めながら、鷗外とおなじくワイニンゲルにひそむ女性蔑視を問題にしていない。

次に、澤田順次郎の『神秘なる同性愛』（上巻・下巻　天下堂　一九二〇年六月。合本　共益社出版部　一九二三年六月）をとりあげ、同性愛をどのように論じているかを検証しよう。澤田は雑誌『性』（一九二〇年創刊）を主幹し、多くの著作を刊行して「性欲学」の知識の普及と啓蒙につとめた。[20]「序言」で澤田は、「普通の人々、即はち異性を愛する者の目より見れば、同性愛は実に嘔吐を催すべきであるが、同性を愛する者になつてみると、同性愛は自然にして、異性愛こそ極めて不潔汚穢なものである。」

と述べながら、こうした相対論的な見方を支持するわけではない。ついで次のように述べ、自分の立場を明らかにしている。

併し広く生物界の上より、生殖に異性の必要なることを観れば、異性愛は自然にして、同性愛は不自然なること、衆目の一致するところである。係ふなつて見ると此の不自然なる同性愛は如何にして生じたものであるか、如何なる理由を有するか、性を研究する上に於いて、必らず知らなくてはならぬこと勿論である。

「高等動物及び人類の性交なるものは、植物及び下等動物の趨化性の、高く発達したものと考ふることが出来る」という生物主義的な見解を論拠にして「異性愛は自然にして、同性愛は不自然」という考えが自明のものとして述べられている。さらに、「医学上より言へば、同性愛は脳の異常より来たる、精神病的感情であるが為めに、異性愛よりも強烈にして、其の感情は極めて偏傾し易くある。」とつづけ、同性愛を不自然とする見方に変りはない。「此の同性愛（に関する著書）は理論に切り入つて、専ら原理の闡明に、努力した点に於て、価値があると思ふ。」というが、澤田の立場が生物主義的な見方に「偏傾」していることは「序言」から明らかである。
「はしがき」では、「今まで不自然性として、或ひは倒錯性若しくは顛倒性として、異常に取り扱はれて来た此の同性愛は、矢張り異性に対する恋愛と、其の本質を同うして、変はりのないものなることが、了解せらるゝに至つた。」といい、「同性愛は男女とも、各自の体内に含める他の異性分の、精神的に発達して、多少異性化して居るにより、其の異性化したる性分が、他の同性に対しては、異性に相当するところの、同性に向つて、恋情を有するやうになつたものである」と述べている。要するに、レスビアンの場合についていうなら、ある女性の男性的要素が相手の女性の女性的要素にひかれるという「女性間単性的同性愛」と、ある女性の女性的要素が相手の女性の男性的要素にひかれると同時に、男性的要素が相手の女性的要素にひかれるという「女性間複性的同性愛」の二種類があると説くのである。しかしいずれの場合でも、同性愛固有のありようは解消され異性愛に還元されてしまう。澤田自身は「生物学上の原則に依れば、各生物は男性、女性ともに、両性の合一に依つて、生じたものであるから、本来は両性を含める、雌雄同体である。」とあくまでも生物主義的な理由を説くが、「男女とも、各自の体中に含める他の異性分」という言い方にワイニンゲルの男女観に通底するものを認めることができよう。

『神秘なる同性愛』で、ワイニンゲルの名をあげているのは次の四例にすぎない。すべてに生物主義的関心がうかがえる。

オツト・ワイニンゲル（…）氏の説に據れば、雄性の牛羊を、牧場に放置して異性を隔離するときは、一種の方法をもつて、自瀆的遂情を行ふか、或ひは同性相親しみて、変態性欲に陥ることがある。

独逸の少壮医学者にして、且つ哲学者なるオツト・ワイニンゲル（…）氏は、男女を形態学上より観察して、更に男女の区別を設けんには、其の中間に、幾種の男女を分かたなくてはならぬと言つた。

そも〳〵此の「やうな」（たとえば「女のやうな男」というときの「やうな」）、又は「らしき」といふことは、類似の意味にして、ワイニンゲル氏一派の言ふが如く、之れをもつて、一種の男女《だんぢょ》とするときは、説明するに、頗る便であるけれども、

如上の事実は、初め生物学上より、遺伝を研究するに応用したる、フオン・ベネーデン、チヤーレス・ダーウヰン、及びオツト・ワイニンゲル等の諸氏に依つて、明白になりたることは、既に前諸章に述べたる如くで、

『神秘なる同性愛』が多く依拠しているのはクラフトエビングであり、ついでアルベルト・モル（Albert Mool）である。クラフトエビングに言及しているのは上巻で十五例、下巻で二十七例あり、モルへの言及は上巻で十六例、下巻で四例ある（このほかに四十人あまりの外国人の名前があげられているが、多くて三、四例であり、大半は一回言及されるだけである）。「はしがき」で同性愛を「精神病」とみなしていたのは、クラフトエビングの説に従ったのである。下巻では同性愛の実際の例が紹介されているが、その多くはクラフトエビングを祖述している感がある。レスビアンに対する澤田の関心は主に女性の「男性化」に向けられ、その例をクラフトエビングによってあげている。一例を示

すと、X嬢は幼いころから「女子の遊戯」には興味を持たず乗馬を好んだ。若い女性と親交を結ぶようになると男性との交際を嫌い、ひたすら「其の愛する婦人に対して満身の愛を捧げんと欲し、斯くして其の衣服、態度、及び容姿等を、男の如く装ふたのである」。

X嬢の初めて、来院するや、エビング氏は既に其の衣服、容姿、及び態度に於いて驚くべき印象を与へられた。即はち男子の帽を冠むり、頭髪を短くし、男子の襟飾りを着け、上衣を男子風に仕立て、而して男子の長靴を穿てること等にして、女子の特点なる、優美の風は、毫もなかつた。音声は稍々低く、唯だ胸部及び骨盤に於いて、女性的構造を見るのみであつた。

澤田自身が見聞した例もあげられている。「小説家某女史も、学校時代に其の師の女教員に、強烈なる愛を傾注したことがあつたとて、其の事実を、次の如く告白した。」とか、「これは都下の某女学校に在つて、多くの生徒たちより、妙な尊敬を、熱烈に捧げられた、一女教師の語ったものである。」とかとことわった上で、それぞれの談話を紹介している。いずれも精神的な関係である。女学校のような男性とつき合う機会の少ない環境から同性愛で結ばれた者を「後天性同性愛」と呼び、教師と生徒、生徒同士ばかりでなく、教師同士にもあるといい、「昨年五月朝鮮釜山高等女学校に於いて、教諭中○某女（三二）と、牧○某女（二七）とに関する情死事件[21]の如きは、特に著しきものにして、学校に於いても、将又《はたまた》家庭に於いても、十分注意しなくてはならぬこと言ふまでもない。」と述べている。「男性化」した女性の例もあげている。「次ぎの例は、殆んど二十年程近き昔にあつた、女流塑像家○谷初子女史であるが、彼の女は塑像の天才に富みて、斯界に名を知られた小○惣○郎氏と、同棲したけれども、一方に於いては同性に親しみて、様々に浮き名を流した才媛である。」と述べ、彼女の半生を八ページにわたって紹介している。男装した彼女を男と思いこんだ何人かの女性が恋いこがれたという。

澤田自身はあくまでも異性愛こそ正常と考えているふしがある。自分の同性愛体験に関して、「予も幼時、同性の友人を、好愛したことがあつた。今より思へば夢の如く、明らかには覚えて居らぬけれども、僅かに残れる記憶を辿りて見れば、八九歳の頃と思ゆ。」といい、はるか昔のことで記憶も定かでないことを強調し、「矢張、純粋なる精神的の恋愛であつた」とか「純然たるプラトニツクラヴ」だったとかいう。鉱山で働いていた二十七才のとき、十六、七才の少年事務員にひかれた。「それで予が同性に対する愛情は、前後の二期に分れるのであるが、第二期の際には、疾くに結婚して、子供も二人ほどあつたが、同性に対しては、往昔の少年に肖似せる、俤影《おもかげ》を止めたものに対して偶々旧き感情を喚起したに過ぎなかつた。」と述べている。同性愛を覚えたことはあるが性的欲望とは関係なかったというわけである。「結婚して、子供も二人」いることがその証になると考えている。

同性愛とは直接かかわりのない次の一節に、はしなくも澤田のモラルが露呈している。「ボヴァリー夫人」を批難するにしても、「淫乱」とか「姦婦」とかいう言葉を用いる者に、女性のありようが理解できるのであろうか。

フラウベル氏は、マダム・ポワリー《ママ》の作者で、此の書は、非常に堕落した小説である。ポワリー夫人は（…）淫乱の極を擅にし、後ちみな恋ひに破れ、夫には棄てられて、身の置き所なきまゝ遂に毒を仰いで、死したといふ姦婦の径路を描いたものである。

6　生物主義的女性観の帰趨

田中香涯（祐吉）も「性欲学」の著名な研究者だった。『変態性欲』（一九二二年創刊）を刊行しさかんな著述活動をくりひろげた。[22] 澤田順次郎が在野の研究者だったのに対し、田中はアカデミズムの場で医学を学びキャリアをつんでいる。斎藤光氏は、「東京帝国大学の医学士が幅をきかせていた時代に、こうした活動をしているというのは注目に値する」と述べている。ここでは田中の『女性と愛慾』（大阪屋號書店　一九二三年八月）をとりあげてみよう。田中もワイニンゲルの名をあげ、「『男女と性格』の著者ワイニンゲルが女の性格は性的生活であり、女の思想感情は全然性慾にその根底を有するものであると云つたのは、慥に一面の事実に触れてゐる。」と述べている。「一面の」と留保つきながら、ワイニンゲルの女性蔑視の考えを認めているのである。クラフトエビングにも言及し、「クラフト・エビングの如きは最も豊富なる材料に就いて、精細なる観察を遂げ、同性愛は先天性なる一種の異常と看做すべきもので、疾病若しくは変性状態に属すべきものに非ざることを唱へ」と述べ、「私はこゝにクラフト・エビングの著書 Psychopathia Sexualis 中より其の顕著なるものを挙げて見よう。」といって例を紹介している。この「女性同性愛に関する説話」という一章は、日本人の女性同士の自殺の例をあげている点も含め、澤田の『神秘なる同性愛』の論述の仕方にきわめて似ている。

レスビアンを論じようとすると、同じようなパターンにはまるということであろうか。
「巻頭言」で田中は、「本書は性的方面より観察した女性と愛慾との関係を科学的に論述したもので、純真なる学究的態度の下に平素の管見を率直に披瀝した積りである」と述べているが、同時代の女性の問題を論じた次の一節では、「純真なる学究的態度」は破綻をきたし、逆に当時の俗説に浸りきっていることをおどろくほど「率直に披瀝」している。女性解放運動は「卵巣の発育不完全」という生物主義的解釈に還元される。

つまり政治運動に関係して男性に対抗せんとする女豪連の多くは、生来男性的気質を帯びた異常の女性であつて、恰も月経の閉止した老女が、歪曲貪険の婆々気質となり、荒つぽい気性となる者の多きが如く、先天的に卵巣の発育不完全であるため、第二次性徴に変常を来し、男子のやうに鼻下に髭を生やした男性的女子の中から、政権熱望者の踵出するのも思へば不思議でない。我国の女権論者、フエミニストは大抵欧米婦人の運動にかぶれた連中で、其の思想や行動も附け焼刃的に過ぎないやうであるが、併しまた其の中には英国あたりの女権論者のやうに、髭のある女豪達も見出されるのかも知れない。

一九二〇年代の日本では女性をめぐる社会情勢に変動が生じつつあった。ひとつは、女性の働く職場が増えたことである。斎藤美奈子氏が『モダンガール論』(マガジンハウス　二〇〇〇年十二月)で詳しく述べているが、たとえば、バスガール(一九二〇年代初頭に各地で路線バスの営業がはじまり、一九二四年七月に大阪で女性が車掌として乗車した)、デパートの店員、タイピスト、マネキンガールなどである。さらに、これまで男性が専有していた分野に女性が進出した。二二年三月、兵頭精が三等飛行機操縦士試験に合格した。二六年八月、人見絹枝はスウェーデンで開かれた第二回世界女子陸上競技大会に参加し、走り幅跳びで世界新記録を出し優勝した。『女性』にも映画女優に関する記事とともにスポーツ選手の記事が掲載されるようになる。もうひとつは、婦人の参政権をめぐる運動である。一九二〇年三月、平塚雷鳥、市川房枝、奥むめをたちにより新婦人協会が発足し、二四年十二月には婦人参政権獲得期成同盟会が結成された。二五年五月、普通選挙法が公布され二十五歳以上のすべての男性に選挙権が与えられた。かくして「普選」ならぬ「婦選」が問題となる。

当時の男性の作家、評論家、「性欲学」の研究者などが、ワイニンゲルの男女観を(その女性蔑視を問題にすることなく)受けいれたのは、こうした社会の動きとかかわりがあるといえよう。社会問題を女性の「男性化」というフレームに封じこめようとしたのである。鬚が男性的要素をもっともよく表わすのに対し、長い髪の毛は女性的要素をもっともよく表わすとされ、女性が髪の毛を短く切ることは「男性化」とみなされた。澤田順次郎は、先にあげた女性塑像家の男装の一端として「丈なる緑の黒髪を、惜し気もなく切り払つて、勇み男が為るやうなる、角刈の散髪」にしたことを述べている。下田将美は「両性相互の模倣性」(『女性』一九二七年一月号)で「男性が女性を模倣し、女性が男性を模倣する。この傾向は形の上からは近年誠に著しい流行となつて来たことは事実である。此傾向をつきつめて行つたらな《ママ》ば今に形だけ見たのでは男か女かわからぬやうな妙な中性の人間になつて行つて男女が統一される時代が来るかも知れない」といい、「女性の断髪がだん〳〵に極端になつて行く(…)頭だけ見ては男か女かわからない所まで行かうとする傾向を示してゐるものと云つてよいであらう。」と述べている。『女性』一九二八年三月号では「断髪物語」と題して原阿佐緒、吉屋信子、平井満壽子、柏美枝、伊澤蘭奢、望月百合子の女性の断髪に対する所感を掲載している。

短い髪の毛と洋装はモダン・ガールの表象であった。『女性』一九二四年八月号に掲載された「モダーン・ガール」で、北澤秀一は、「モダーン・ガールは、少しも伝統的思想を持たない、何よりも自己を尊重する全く新しき女性である。そして人間である。」といいながら、それは「先進の文明国に於ける現状」であり、「わが国のモダーン・ガールに関しては、別に書いて見たいと思ふ。」と述べている。『大阪毎日新聞』一九二七年四月十八日の紙面には「大なたを振つて／モダーン・ガール征伐／お役所の風紀を乱すといふので／東京鉄道局の荒しごと」という見出しのもとに、東京鉄道局が派手な洋装をしている女性十数名を解雇したという記事を掲載している。髪の毛を短くし洋装で働く女性は、これまでの男性と女性の区分けをおびやかすものとみなされ、批難の対象となった。清澤洌は「モダーン・ガールの解剖」（『女性』一九二七年十二月）で、ヨーロッパでは「男専制の道徳に反対して生まれたのがモダーン・ガールである。モダーン・ガールは女がその不平を訴ふる姿である。」といい、「日本では白粉の化物のやうなものだけにモダーン・ガールの称号を奉つてゐるのは悲しむべきことである。」と述べている。

女性の政治運動に関してもことは同様であり、男性と女性の区分は保たれねばならないとされた。田中香涯は「婦人解放運動に対する科学的批判」（『女性』一九二二年六月）で次のように述べている。

蓋し女性が性的差異を無視して男性的文化に参加せんと熱中する結果は不知不識の裡に女性的観念の薄くなつて男性化するに至り、従つて性慾の方面にも異常を来たすに至ることは理の看易き処で、男子に対する愛情の薄らぐ結果、自然に同性愛に陥る傾向を生ずるやうになる。

「科学的」と称しながらお粗末な三段論法にすぎず、政治運動に加わる女性は異常、同性愛は異常という二重の差別意識がうかがえる。石井重美は「生物学上より観た女性発達史」(『女性』一九二四年十一月)で次のように述べている。

男女は、先頃物故したジヤツク・ロエブも云つたやうに、全く「生理的」に別種な動物であるのだ。それゆゑ、極端なフエミニズムの主張者のやうに、両性の差別を全然無視して、その絶対的同能を説くのは、極端な社会主義やデモクラシーの論者が、人類個体の実際的差別相を全然無視し若くは拒否するのと同様、大いなる謬想であること勿論である。

「生物学」の名のもとに女性の政治運動を断罪するのは田中香涯とおなじである。さらに石井は、「生物学的な根本特性から見て、女性の最も重要な本来の職責は、(男性のことは今しばらく措く)どうしても母性といふことでなければならない。」と述べ、またしても「生物学」の名のもとに女性を「良妻賢母」というイデオロギーの枠組みの中に押しこめようとする。これまでの男性と女性の区分け、役割分担が問い直されようとしているのに対し、男たちは「科学」の名のもとにこれまでの区分けを維持しようと努めているのである。

7　子供を産まない女たち

経済的事情や身体の保護など、さまざまな理由から子供を産むことを望まない女性たちがいた。宮坂靖子氏によると、「識者の間で産児制限の必要が真剣に論じられるようになったのは、一九一八、九年頃からであった。[23]」という。一九二二年三月には産児制限運動家マーガレット・サンガーが来日し、五月には日本産児調節研究会が設立された。「卍」でも避妊が話題になる。光子の友だちの「中川さんの奥様云ふ人が子供生むのんイヤやイヤや云うてはる」という話から、光子が、「姉ちゃんはきつと巧い方法を実行してんねんやろなあ」ときくと、園子は、「ほんま云うたら、あてええ本持つてんねん。亜米利加で秘密出版しやはつた本で、それ見たらそらもう何ぼ通りでも書いたあるわ」と答える。「その本の中には薬剤に依る方法やら、器具に依る方法やら、法律に触れるやうなことまでたあんと書いたある」（その十四）という。

『改造』に掲載された「その一」では園子には子供があることになっている。園子はある男と交際していて、その男が寄こしたラブレターを「先生」（園子の話の聞き手である小説家）に見せたところ、「この手紙は高等教育を受けた男の書いたものとは思はれない」、「仮りにも夫や子供のある女」に男のほうから駆け落ちを迫るという法はないと「先生」に言われ、園子は男と付き合うことを思い切る。その後は、「絵を画いたり、ピアノのお稽古をしたり、子供の面倒を見たりして、一日家に落ち着いて」いるようになった。ところで、子供の存在に言及するのはここだけなのである。「その十四」のはじめには「作者註」として、「前号及び前々号の二回分は作者の聞き違ひのために事実を誤まつたところが多い。（…）柿内未亡人は夫を籠絡したのではなく、真に心から己れの罪を悔い、一旦は全く光子を思ひ切つて貞淑な妻になることを誓つたのださうである。」と述べ、ついで「私はすつかり心を入れかへた気になつて、明くる朝は夫より二時間も早起きて、台所へ出て行つて朝御飯の用意したり、夫の服をちやんとしといたり、いつもほつたらかしたまま女子衆まかせにしときますのんを、自分が先い立つてせつせと働きました。」と園子の話がつづけられる。子供のことには一言も触れていない。光子と狂言自殺をはかる際にもこまごまとした計画をたてるが、子供のことには触れない。実際、園子が単なる好奇心からアメリカで秘密出版された避妊に関する本を取り寄せたとは考えにくい。実際、避妊の方法を試みたことがあるのであろう。だとするならば子供はいないほうがよい。すでに指摘されているように、初版本では「その二」の男の手紙に関する記述も「子供の面倒を見たりして」という一節も削除される。

宮坂氏は『主婦之友』の一九一七年三月（創刊号）から一九三五年十二月までの間に掲載された避妊に関する記事を一覧表にまとめ、四期に分けた上でそれぞれの時期の特色を指摘している。一九二〇年代前半、人々は「避妊の必要を痛感し、その方法の入手を切望しているにもかかわらず、実際にはなす術を得ていない」という。一九二四年十月号は「子供を産み過ぎて苦しむ若き男女の悲痛な叫び」という特集を組み、結婚後十年間に八人の子供を出産した女性の、「かう毎年のやうにお産をしては、困つて」しまうから「西洋人の間に行はれるといふ、避妊法が知りたくて、随分一人で頭を悩し」たという手記を紹介している。一九二〇年代後半になると、「新聞、雑誌、書物から手を尽くして避妊についての情報を集め、「研究」し、試行錯誤（「実験」）を経て、避妊に「成功」するに至っている人々」に関する記事がしばしば掲載されるようになる。一九二七年二月号に掲載された手記の女性は、「四人目出産後、「精神肉体共に甚だしく疲労」するばかりでなく、「一家の経済に大影響を受け」、「子女の教育は愚か、糊口にさへ困難を来す」という理由から避妊の必要を痛感」し、別居などの避妊法を試みたが妊娠した。出産後あらためて三種の避妊法を試みるが妊娠し、結局、夫の友人の医師から「産児調節の器具」を譲り受け避妊に成功した。この記事を読んだ読者から、「その方法を委しく知りたい、器具を頒けて欲しい」という手紙が多く寄せられたので、五月号に「産児調節に成功の夫人を訪ふ」という記事が掲載され、文末に女性の住所と申し込みの条件が記された。一九二八年六月号にはこの器具を購入し避妊に成功した女性の手記が掲載された。一方、一九二九年八月号に掲載された「定った時期に避妊する私の経験」という手記は計画出産について述べたもので、望ましい受胎期を考慮したうえで妊娠した弟一子を出産した後、「満三年間は妊娠を避ける」ことを夫婦で相談し実行したという。第一子と第二子との年令の差が短いと第一子の養育が十分行き届かないこと、続けざまの出産は母体が衰弱するおそれがあることを理由に挙げている。宮坂氏は、「「生まれてくる子供たちは、すべて待ち望まれて生まれてこなければならない」という理念に支えられた、今日の「家庭計画」と何ら変わるものではない」と評価している。

先に触れた一九二七年二月号の手記では「別居」以外の避妊法を述べた部分は伏字になっているという。当局が避妊を積極的に認めていたわけではないことを示していよう。当時、避妊は主として夫の性的欲望の抑制に頼っていた。サックを購入することにはためらいがあった。荻野久作が月経周期に関する研究をもとに受胎日の推定が可能だと発表したのは一九二四年六月のことであるが、宮坂氏によると避妊法として活用できるかたちで紹介したのは、『主婦之友』一九二七年十二月号に掲載された赤谷幸蔵の「妊娠する日と妊娠せぬ日の判別法」であるという。

園子が光子に貸した避妊に関する本は思いもよらぬ波紋を生じる。大阪のある病院から園子に電話があり、「その本のことから或る重大な結果が起つてえらい迷惑してる。電話ではそれ以上申し上げることは出来んが」、「徳光さんのお嬢様」に会って相談してほしいという。「法律に触れるやうなこと」が書いてあるというのは避妊にかかわることではなく、堕胎にかかわることらしい。園子は、「何せその時分は堕胎事件がやかまして、何々博士が摑まへられた、何々病院がやられたと、ようそんな記事が新聞に出ましてん。」（その十四）という。実際、『東京朝日新聞』一九二六年九月十七日の紙面には「緒方病院の内野博士／堕胎罪で収容せらる／七人に手術施した事判明」という見出しで事件を伝えている。すでに東京と大阪の医師が堕胎の件で取り調べを受け、そこから内野博士の件が明らかになったのである。明治政府は堕胎を刑法で禁止し、自分の意志で中絶した女性も中絶手術を施した医師も処罰の対象とした。『大阪毎日新聞』一九二七年四月八日は、「堕胎事件の／内野博士等／全員有罪公判に附さる」という見出しで、予審が決定したことを伝えている。「被手術者十五名」におよんだという。同紙七月二十三日（市内版）は十月二十日から公判が開かれることを伝えている。「妊婦の堕胎を欲しないものを一命にかゝるとて堕胎せしめたもの二、三起訴されをり」という。

たずねてきた光子は、堕胎を試みたのは自分で、本に書いてある処方に従って薬を調合して飲んだが、昨夜から腹が痛み出しひどく出血したという。園子と話しているうちに光子は苦しみだす。介抱しているうちに園子は光子が芝居をしていることに気づく。問いただすと園子と会うための手段だったと光子は答える。そもそも光子は妊娠することを望まない。園子と光子は睡眠薬を飲んで狂言自殺をはかる。園子がなかなか意識を回復しなかったのに対し光子はほどなく意識を回復する。柿内が園子の枕元にいると光子が寝ぼけたように「姉ちゃん」といいながら近寄ってくるので、柿内は二人を離そうと光子の身体を抱き上げたりしているうちに、光子と肉体関係を結んでしまう。園子は、「なんせえらい複雑で裏には裏ある人の気持ち中中分れしませんけど」（その三十三）、異性との性交渉につよい好奇心があったのではないかと推測する。そして、夫は自分と別れ光子と一緒になるのではないかと疑うが、事態はそのように進展しない。光子は園子と柿内が肉体関係を持つことを禁じ、二人に睡眠薬を飲ませて眠ったのを見とどけてから帰る。

あの健全な、非常識なとこ微塵もなかつた夫までが、いつや知らん間に魂入れ替つたやうに、女みたいなイヤ味云うたり邪推したりして、青オイ顔ににたにた笑ひ浮かべながら光子さんの御機嫌取つたりしますのんで、そんな時の物の云ひ方や表情のしかたや、陰険らしい卑屈な態度じつと見てましたら、声音から眼つきまでとんと綿貫生き写しになつてるやあれしませんか。

（その三十五）

柿内も「光ちゃん僕を第二の綿貫にするつもりやねん」という。ここには、態度や表情ばかりでなく、性的不能という点でも綿貫とおなじだということが暗に示されていよう。ほかの女性たちは綿貫が性的不能だと知るとつきあうのをやめたのに、光子は知ってもなおつきあいを続ける。その理由について、「もうもうこんなこと止めてしまひたい思ひなさるのんですけど、そら不思議と、又二三日も立つうちに情けないことも〳〵忘れて、自分の方から跡追ひ廻すやうになつてしまふ。さうか云うて、それほど綿貫恋ひしいのんか云つたら、精神的にはええ思ふとこ一つもない、ただ綿貫の〳〵〳〵〳〵〳〵〳〵〳〵に打ち克つこと出来へんのんで」（その二十四）と述べている。肝心なところが伏字になっているのではっきりしたことは言えないが、光子は綿貫の容姿に惹かれるところがあり、しかも性的不能であればかえって妊娠の恐れはないと考えたのではないだろうか。

宮坂氏によると、平塚らいてうは「避妊の可否を論ず」（『日本評論』一九一七年九月）で「正常な、一般の妻は、避妊を正当化するいかほど多くの理由を重ねてみても、なおそれを自分が行うことに一種の道徳的な不快感」を持つ、すなわち、それは「性行為を、その結実である子供に対する責任から切り離して、ただ単に自分たちの刹那的の官能的享楽のみに行うことに対する、人間の魂の感ずる道徳的不満」であると述べているという。性行為は妊娠のために行うべきだというらいてうの考えは理念としては受け入れられたが、『主婦之友』に寄せられた手記の中には「官能的享楽」と切り離すことに対し疑問を抱くものがあった。一九三五年九月号に掲載された女性の手記には、コンドームを使用すると、「自然な夫婦生活から享ける利益を、享けることができないので、それが特に、女の身体のために不利であるといふことを、少しづゝ意識するようになりました」と述べられている。光子は性行為を妊娠から切り離し、ひたすら「官能的享楽」を追及したといえよう。

注

(1)『文学者の日記6』(博文館新社　二〇〇〇年一月)

(2)『谷崎文学と肯定の欲望』(文藝春秋　一九七六年九月)

(3)『物語芸術論』(講談社　一九七八年八月)

(4)「解説」(『新潮日本文学6』新潮社　一九七〇年四月)

(5)「『卍(まんじ)』」(『国文学　解釈と鑑賞』一九八三年五月)

(6)富岡明美氏・原美奈子氏訳『レズビアンの歴史』(筑摩書房　一九九六年十一月)

(7)すでに指摘されているように、「卍」の本文は、雑誌掲載のもの、初版本所収のもの、一九四六年十二月に新生社から刊行された単行本所収のものなど、それぞれの間でかなり大幅な削除や書きかえがある。本稿では『改造』掲載のものに従って論述をすすめることにする。

(8)「やがて終わるべき同性愛と田村俊子」(『日本近代文学』第六十五集　二〇〇一年十月)

(9)菅聡子氏によると、一九三三年一月、吉屋信子の「女の友情」を連載するのに際し『婦人倶楽部』の編集部は「友情の集ひ」欄を設け読者の投書を呼びかけたところ、連載が終了するまで「一貫して熱烈な投書が寄せられた。」という。(「吉屋信子『花物語』『女の友情』―〈花物語〉のゆくえ」江種満子氏、井上理恵氏編『20世紀のベストセラーを読み解く』(學藝書林　二〇〇一年三月)所収)という。菅氏は、「作者―読者、読者―作中の登場人物の間には「友情」という名の親密な共同体意識が共有されていた。」と指摘している。この点はすでに『黒薔薇』の「鸚鵡塔」に認められるところである。

(10)第二号に掲載された「樋口やす子」の文の書き出しに「先生」とあるのに対し、「信子申す。先生だなんて、どうぞ仰しやらないで、頂戴、先生なんかもうこりごり」と付記した。

(11)「谷崎潤一郎『卍』論」(『国語と国文学』二〇〇〇年八月号)

(12)「吉屋信子論」(『少女日和』青弓社　一九九〇年四月)

(13) クラフトエビングの著書の翻訳としては、法医学会訳『色情狂編』(法医学会蔵版　一八九四年五月。発禁)、黒沢良臣訳『変態性欲心理』(大日本文明協会事務所　一九一三年。国立国会図書館の蔵書目録による。ただし、処分されていて現物を確認することができなかった)がある。
(14) 『谷崎潤一郎論』(中央公論社　一九七三年八月)
(15) ワイニンゲルの所説は後述する『男女と性格』にもとづく。
(16) 谷崎は、一九〇九年十一月、鷗外が訳したイプセンの「ジヨン・ガブリエル・ボルグマン」の自由劇場公演を見た。また、『昴』一九一一年一月号に「信西」を、六月号に「少年」を発表した。
(17) 鷗外は、「夜なかに思つた事」(一九〇八年十二月)で、「世には多少本当に感じた事を書いてゐる人がないでもない」といい、「政府が禁じても構はない。君主の憎を受けても構はない。世の人に攻撃されても構はない。朋友に見棄てられても構はない。さういふ風に書いたものは、兎に角書いた丈の甲斐はある。Nietzscheでも、Otto Weiningerでも此の如くに感じて此の如くに書いたのだらう。」と述べている。
(18) 「恋愛と性欲の第三帝国」(『現代思想』一九九三年七月号)
(19) 谷崎は『女性』に一九二四年十一月から二五年七月まで「痴人の愛」の続稿を掲載し、一九二八年一月、二月、四月にはスタンダールの「カストロの尼」の翻訳を発表している。なお、成田龍一氏は「性の跳梁」(脇田晴子氏、S・B・ハンレー氏編『ジェンダーの日本史　上』東京大学出版会　一九九四年十一月)で「一九二〇年代は女性雑誌に性の事項が直接に入りこみ、性についてあからさまに語られるように」なり「多くの女性たちにとって性に関する有力な情報源となった」と指摘し、『主婦之友』、『婦人公論』の記事を分析している。
(20) 古川誠氏は前掲論文で澤田について、「その学問的な経歴の詳しいことは不明である。しかし彼は、博物学、生物学を出発点とし、動物の両性関係から始まって人間にまでその考察の範囲を広げてきた。そうして一時期、博物学の教師として師範学校で教鞭をとっていたことは確かである。」と述べている。『神秘なる同性愛』で「予が某鉱山に奉職中」と述べているが、どういう職種についていたのかは触れていない。

(21) 『東京朝日新聞』一九一九年五月二十七日に「女教諭同士／心中す／預金通帳と遺書を残して」の見出しで当該記事が掲載されている。

(22) 斎藤光氏の「〈二〇年代・日本・優生学〉の一局面」(『現代思想』一九九三年七月)によると、「田中は、明治七(一八七四)年に大阪の漢方医の家に生まれ、大阪大学医学部の前身である大阪医学校本科に学んだ。明治二十七(一八九四)年には大阪医学校の卒業生として初めて基礎医学の助手となり、病理学の研究や教育にたずさわった」。「明治三十五(一九〇二)年には台湾総督府医学校へ招聘され、明治三十七(一九〇四)年には、前年にできた京都帝国大学福岡医科大学(第二医学大学)の病理学講師を委嘱されたこともある。さらに高等専門学校になった母校で、病理学などを担当する教授となり、明治末期にはドイツに一年間ほど留学してもいる」。「大阪府立高等医学校が、府立大阪医科大学に昇格する前年の大正三(一九一四)年に、彼は、〝人にものを教えるのは面倒なことだ〟と言い残して、依願退職した。(…)昭和十九(一九四四)年に亡くなった。」という。

(23) 「「お産」の社会史」(井上輝子氏・上野千鶴子氏・江原由美子氏編『日本のフェミニズム5　母性』(岩波書店　一九九五年三月)所収)

一九二〇年代における哺乳をめぐる一考察

1

今日、牛乳が栄養価の高い食品であることを疑う者はないであろう。二〇〇六年三月十九日付けの『産経新聞』によると、「高カロリー・高脂肪のイメージで健康ブームに乗り遅れた形の牛乳が大量に余り、廃棄処分される異例の事態になっている。」という。このような「常識」からすると、芥川龍之介の「大導寺信輔の半生」（『中央公論』一九二五年一月）の次の一節には違和感を覚えるにちがいない。

彼は只頭ばかり大きい、無気味なほど痩せた少年だつた。のみならずはにかみ易い上にも、磨ぎ澄ました肉屋の庖丁にさへ動悸の高まる少年だつた。その点は――殊にその点は伏見鳥羽の役に銃火をくぐつた、日頃胆勇自慢の父とは似ても似つかぬのに違ひなかつた。彼は一体何歳からか、又どう言ふ論理からか、この父に似つかぬことを牛乳の為と確信してゐた。いや、体の弱いことをも牛乳の為と確信してゐた。

これは「二　牛乳」と題された部分の一節である。「二　牛乳」は、次のように書き出されている。

信輔は全然母の乳を吸つたことのない少年だつた。元来体の弱かつた母は一粒種の彼を産んだ後さへ、一滴の乳も与へなかつた。のみならず乳母を養ふことも貧しい彼の家の生計には出来ない相談の一つだつた。彼はその為に生まれ落ちた時から牛乳を飲んで育つて来た。（…）彼は毎朝台所へ来る牛乳の壜を軽蔑した。

ここには、芥川らしいレトリックが用いられている。例えば、「貧しい」から牛乳を飲まざるをえなかったと述べている。これは、「三」が「貧困」と題され、「信輔の家庭は貧しかつた。尤も彼等の貧困は棟割長屋に雑居する下流階級の貧困ではなかつた。が、体裁を繕ふ為により苦痛を受けなければならぬ中流下層階級の貧困だつた。」という記述に呼応している。しかし、当時牛乳は廉価だったのであろうか。「一　本所」に「三十年後の今日」と記されていることから、信輔の幼年時代は一九〇〇年ころと考えられる。『値段の　明治／大正／昭和　風俗史』上（朝日文庫　一九八七年三月）によると、牛乳一八〇㏄は一九〇一年に四銭、一九二六年に八銭だった。ちなみに、そば一杯は一八九四年に一銭二厘、一九二〇年代に十銭だった。『明治・大正家庭史年表』（河出書房新社　二〇〇〇年三月）によると、牛乳配達が始まったのは一八八〇年ころであり、壜詰めの牛乳は一九〇〇年ころ、まさに信輔の幼年時代に普及した。山川よし子は、「初めて赤坊を持つた若き母親の為に（その三）／乳の与へ方と離乳時の注意／赤坊の健康の為にも人工栄養は避けた方がよい」（『主婦之友』一九二四年四月号）で、次のように述べている。

私が最初の子供をもつたころは、世間一般に人工栄養が一種の流行りものとなつてゐて『赤坊は牛乳で育てた方が丈夫だ。西洋人があんなに立派な体格をもつのは、皆牛乳で育てるからだ。』と申し、少し余裕のある家庭では、ありあまる母乳を捨て、わざ〳〵牛乳を与へ、それを一種の虚飾《みえ》としたほどでありました。

「少し余裕のある家庭」でないと壜詰めの牛乳を「毎朝台所」へ配達してもらうのは難しかったようである。

「大導寺信輔の半生」は、赤ん坊は母乳で育てるべきだという考えを前提にして成り立っている。仮に母親の体が弱かつたなら牛乳などの人工栄養を用いてもかまわないという考えを多くの人が認めているのであれば、信輔のような境遇は格別なものとならない。これから見ていくように、赤ん坊は母乳で育てるべきだというのが当時の通念であり、芥川は、意識的にか無意識的にかは定かでないが、この通念に従っているのである。「体の弱い」のが「牛乳の為」であるということも、当時の識者の説くところであった。

山川よし子は、次のように説いている。

元来人乳には一種霊妙なる素質を含んでゐて、その素質が、万物の長たる人間の体質を作るのです。人工栄養品に含まれない醱酵素をもつてゐるために、消化が極めてよいことや、乳房からすぐ哺乳し得るために新鮮であることや、従つて消毒の手数も腐敗の恐れもなく、温度や調合の心配のいらぬことなどの他に、この人間としての体質をつくる霊妙な作用をもつてゐることが、あらゆる人工栄養品にまさる所以であります。／牛乳その他の人工栄養品で育てる赤坊は、ほんの僅かのことですぐ病気になり易く、殊に食餌性中毒症といつて、食物が原因となる場合が多いのです。

母乳が「醱酵素をもつてゐる」とか「消毒の手数も腐敗の恐れも」ないことは他の論者も説くところである。しかし、山川はその他に母乳には「一種霊妙なる素質」が含まれているというが、山川の文章を終わりまで読んでも、それがどういうものであるかが明らかにされることはない。もともと日本人には牛乳を飲む習慣はなかった。天皇や皇族が「薬」として飲んだことがあるにすぎない。幕末に外国と国交を結ぶようになり、あらためて牛乳が飲まれるようになった。「西洋人があんなに立派な体格をもつのは、皆牛乳で育てるからだ」と考えられた一方、「愛児が牛に化身せんかを杞憂しつゝ泌乳の尠なき慈母が心ならずも、与へられし時代」があったという（鈴木敬策『牛乳と乳製品の研究』博文館　一九〇九年九月）。牛乳がなじみの薄いものであったことが伺える。

そのうち、牛乳が病人の栄養補給に役立つということは認められるようになった。脊椎カリエスで病臥したきり、身動きも思うようにできなかった正岡子規は牛乳をよく飲んだ。彼の日記である「仰臥漫録」には「二時過ぎ牛乳一合ココア交《まぜ》て」とか「紅茶一杯半（牛乳来らず）」とか記されている（いずれも一九〇一年九月の記事）。

牛乳は菓子の材料としても用いられた。森永製菓の『森永五五年史』（一九五四年）によると、同社が「ミルクキャラメル」を発売したのは一九一三年六月のことである。ついで一九一九年四月に「煉乳森永ミルク」を、八月に「ミルクココア」を、一九二一年十一月に「粉末牛乳森永ドライミルク」をそれぞれ発売している。ミルクキャラメルの広告では「滋養に富む」（一九一三年）と述べられているが、「身体の疲れと精神の過労を癒し、胃腸の調和を良くし咽喉を整へ音声を良くす、小児の常用として衛生に適し事務家、読書家、運動家の根気を能くし元気を増す」といい、「常に携帯すれば／禁煙の断行／禁酒の実行」という。牛乳との関連には触れていない。

乳児に牛乳を飲ませることに対して人々は否定的であった。岡田道一は、『育児法と牛乳の用ひ方』（交医会　一九二六年三月）で、次のように述べている。

悲しいことに生れてから、母親の乳を飲む事が出来ずに、人工栄養を摂つた為に、生れつき丈夫な子供でも、死亡するものは甚だしく多いのである。そして一般に子どもは何で死ぬかと言ふに、適当な栄養法、即ち母乳が摂れない結果、消化器に故障を起して死んで了ふことになるのである。

医学博士竹野芳次郎は、「赤坊を育てる母親の心得（その九）」（『主婦之友』一九二二年一月）で母乳と牛乳の違いを、次のように述べている。

> 牛乳には滋養素即ち蛋白質、脂肪、糖分、及び塩類や醗酵素、活力素が含有してをつて小さな動物を育てますに、最も適当な配合と形態になつてをります。此の点を利用して、人乳に代用してゆくのです。併し悲しいことには、人乳に比べまして、滋養素の含量が違ふのと、生物学的性質が異る点で、これが即ち牛乳の人乳に劣る所以なのです。

この説が正しいかどうかを問うつもりはない。「医学博士」の権威のもとにこうした意見が女性雑誌に掲載されていることを重視したい。「九州帝国大学教授」「医学博士」という当時エリート中のエリートであることを示す肩書きの伊東祐彦も、「牛乳で育てた赤坊は何故弱いか／何《ど》うしたら人工栄養の欠点を補ふことが出来るか」（『主婦之友』一九二四年五月）で、同様の意見を述べている。本文を読むまでもなく、すでにタイトルが論者の意見を端的に示しているが、伊東はまず牛乳にまつわる偏見を正すことから始めている。

更に蛋白質の消化して吸収される割合を調べて見ましても、人乳も牛乳も殆ど大差ないのであります。従つて化学的成分の相違を以て牛乳の劣る理由とすることはできないのであります。

しかしながら、「平衡失調症・食餌中毒症・消耗症・慢性消化不良などの疾患は、牛乳で育てた小児にのみ起り易いものですし、またさういふ疾患のみならず、死亡率もまた牛乳で育てた小児の方が遥かに多いのであります。」といって、その理由を次のように述べている。

一体蛋白質といふものは、化学的には同じであっても生物学的には必ずしも同じでなく、各動物の種類に依て各自《めいく》その性質が違つてゐるのであります。即ち人間は人間としての蛋白質をもち、馬は馬、牛は牛といふ風に、同じ動物の蛋白質は同じ性質ですが、違つた動物のは性質が違ひます。この同じ性質の蛋白を同種蛋白、違つた種類の蛋白を異種蛋白と申します。（…）それで西洋のある小児科の大家の研究によると、牛乳で育つ子供は、人乳で育つ子供よりも、異種蛋白を同化させるために、二割がた余計に乳を飲まなければ同じに育つてゆけないといふことです。それで余計に乳を飲むので何うしても消化器を余計に働かさねばならない。従つて消化器を冒され易いといふことになるのであります。

「酵素の働きに依て人間の新陳代謝がうまく運ばれてゆく」といい、酵素の含有量も動物によって違いがあると伊東は説いている。さらに、伊東は「母親がある伝染病に罹つて免疫質を得ると、それが乳のうちに含まれて、その乳を飲んだ小児までそれを吸収して免疫になる」といい、牛乳にはその免疫質が含まれていないと説いている。これらが牛乳の母乳に劣る理由だというのである。

伊東は「それでは黴菌の方はどうかと申しますと、これも殺菌法の完全にできる今日では、理由をなさなくなつてしまひました。」というが、牛乳は腐りやすいという考えは根強く存在した。竹野は「母乳なれば無菌のまゝ赤坊に飲ますことが出来ますが、牛乳店から配達して来る牛乳は種々なる理由から、いろ〳〵の黴菌が入つてゐるのです。尚ほそれと腐敗し易い点です。」と述べているし、「宇都宮小児科病院長」の宇都野研は「梅雨時には牛乳は最も腐敗しやすいものであるうへに、第一牛乳屋から配達した乳が、果たして新鮮かどうか判別にくるしむ」と述べている。牛乳を原料とした「ネッスルミルクフード」の広告でも「此の暑さでは生《なま》の牛乳は直ぐ腐ります」と大きく書かれている（『主婦之友』一九二四年八月）。黒川鍾信は、『東京牛乳物語』（新潮社　一九九八年五月）で牛乳の消毒の変遷について、次のように述べている。

明治三十年代に入ると、欧米の乳業界や牛乳事情などの視察に出かける者も出てきて、衛生面や消毒面の強化に関心が持たれ始めた。アメリカの牛乳消毒方法を取り入れた「減菌牛乳」や「蒸気殺菌牛乳」が販売されるようになったのもこの頃で、従来の生乳販売は次第に影をひそめてゆく。乳業界も他の産業と同じように欧米の模倣時代に入り、各家庭に配達する容器なども、ブリキ製のものから瀬戸物瓶、そして、首のところが細長いガラス瓶へと変わっていった。

大きな変革が起きたのは一九二七年のことだった。

昭和二年十一月一日に警視庁令が出され、「牛乳営業取締規則」が改正されることになった。改正された規則のなかで最も重点がおかれたのは、「従来販売業者が自由に処理して売っていた高温消毒牛乳の販売を許さない。昭和三年十月一日以降は新庁令が許可した牛乳処理場で、低温殺菌処理を施した牛乳以外は販売してはならない」という厳しいものであった。

こうして殺菌処理はなされるようになったが、その牛乳を保存しておく方法はまだなかった。いうまでもなく、冷蔵庫は普及していない。牛乳は腐りやすいということが牛乳にマイナスのイメージを与えた。

3

赤ん坊は母乳で育てるべきだという意見は、もっぱら栄養上・衛生上の問題として論じられている。しかし、そういう意見が根ざしているのは、育児は母親、女性がするのだという考えである。一九二〇年代、東京や大阪といった都市部では女性がさまざまな職業、例えば、オフィスの事務員、バスの車掌、ファッション・モデルなどに就くようになった。しかし、ここまで取り上げた意見では、働く女性と育児の問題については誰も触れていない。山川よし子でさえ次のように述べているにすぎない。

授乳すると早く容色が衰へるとか、母親が外出したり病気したりしたときに不便だとかいふ口実のもとに、人工栄養や混合栄養をする人があるやうです。／しかし赤坊を本当に丈夫に育てたいと思へば母乳栄養に限ります。

「外出」と「病気」を同じレベルで捉えているのも問題であるが、仕事中にはどうしたらよいのか、触れていない。

もう一つ、あまり問題にされていないのは、乳が出ない場合どうしたらよいのかということである。原馨は、『牛乳の飲み方』（子安農園出版部　一九一七年十月。一九二五年一月再版）で、次のように述べているが、これは少数意見である。

而して普通の場合母体健全にて乳量充分なれば、其母乳が乳児に最も適せるものなれ共、母体が不健全なるか薄弱なるか或は乳量が不充分なる時は、適当の乳母を選むか然らざれば人工栄養法を以て補はざる可からず。

山川は、「全然乳の出ない場合はやむを得ませんが、さうでない限り、少しの不便や犠牲を拂っても、赤坊は人乳――殊に母乳で育てなくてはなりません。」と、母乳絶対主義を説いている。『主婦之友』一九二四年一月号に掲載された「育児衛生相談」には、「私は目下妊娠中ですが、産後に果物をとるとお乳が出なくなり、青い野菜を食べると、赤坊が青い便をすると聞きますが、本当でせうか。」という質問が寄せられている。竹野芳次郎はそういうことはないと答えるだけであるが、質問した女性はお乳が出ないことをひどく気にかけているのである。

お乳の出るようにする薬の広告も雑誌にしばしば掲載されている。『主婦之友』の巻頭にはさまざまな広告が掲載されているが、その常連の一つに「岩本母乳研究所」の広告がある。あるいは、「のんで三日目に効験請合」という「お乳のタップリでる薬」（一九二三年八月）の広告では「さすがに有名な六博士の研究薬だけに産後どんなに乳の出ぬ人乳不足の方でも必ず出る事請合です」と述べている（ただし、六博士の名前は記していない）。こうした広告は、お乳が出ないことで悩んでいる女性の多いことを逆に証明するものであろう。

現在、産婦人科医は、乳の出ない、あるいは出の少ない女性に対しては、乳腺のとおりを良くするために乳房をもむよう指導するそうである。薬を勧めることはない。思えば、これまでいかに多くの食品が「健康」の名のもとに現れては消えていったであろう。一九二〇年代における哺乳に関わる論述を見ていくと、「母乳」もそういう万能の食品と考えられていたように思われる。メディアがそうしたイメージを広めるのに関与したことも見逃すことができない。

『乱菊物語』の裏表

1

近年、日本近代文学研究において、ユニークな発想、新たな観点から研究対象にアプローチし、めざましい成果を上げた論考が次々に発表されている。そうした論考がたしかな論拠を提示して論を展開しているのを読んで、これまでの研究がともすると陥っていた誤りに気がついた。作品から読み取ったことから連想が働き、ある作家像を作り出すが、それを作品以外の資料によって検証することはない。思い込みにすぎない場合もあるということである。例えば、『痴人の愛』で譲治が年の離れたナオミを引き取り一緒に暮らすというのは、『源氏物語』の光源氏と紫の上の関係をふまえている――谷崎潤一郎は『源氏物語』からつよい影響を受けた――『源氏物語』の現代語訳にも積極的に取り組んだ、という工合に思い込みが生じる。中央公論社社長嶋中雄作から現代語訳の話があったとき、谷崎がただちに引き受けたわけでないことは、嶋中宛の手紙などから明らかになった。

『乱菊物語』（『大阪朝日新聞』、『東京朝日新聞』一九三〇年三月十八日～九月五日）の典拠を再検討するつもりで作業をすすめているうちに、同じような思い込みに自分自身がとらわれていることに気がついた。

『乱菊物語』は、谷崎が『饒舌録』（『改造』一九二七年二月〜十二月）で擁護した「大衆文芸」を実作で示したものであるというものである。これはどういう論拠にもとづいているのだろうか。その点を確かめることから始めて、『乱菊物語』をめぐって考えてみた。『乱菊物語』の成立に関して、これまでとは異なる解釈の可能性を探る試みである。

2

『乱菊物語』は、谷崎が『饒舌録』で擁護した「大衆文芸」を実作で示そうと意欲的に取り組んだ作品だといわれている。三瓶達司氏は、「「大衆小説」の名を自ら冠したというのもまことに意あってのことである。」と述べている。(1) おそらく、三瓶氏は、『谷崎潤一郎全集』第二十三巻（中央公論社 一九六九年三月）収録の文の「大衆小説乱菊物語はしがき」というタイトルから判断したのであろうが、この文が三月十三日の夕刊の紙面に掲載されたときのタイトルは「作者から読者へ」（「谷崎潤一郎」という署名が記されている）という簡素なものであった。ちなみに、同じく『谷崎潤一郎全集』第二十三巻収録の「大衆小説乱菊物語前篇終り作者記」というタイトルの文は、新聞に掲載されたときは、作品の本文の終りに（前篇終り）と付されたのに続けて掲載され、タイトルはなく、文末に（作者記）と記されている。新聞に掲載された作品の本文には「乱菊物語」というタイトルが付いているだけであり、「大衆小説」とは記されていない。新聞の紙面をみるかぎり、谷崎自身が「大衆小説」と冠したとはいえない。

朝日新聞社の関係者はこの小説を「大衆文芸」として宣伝した。『大阪朝日新聞』一九三〇年二月十八日の紙面には、「谷崎潤一郎氏播州路へ／次の夕刊小説「乱菊物語」の為に」というタイトルのもと、次のような文が掲載されている。

> 本紙夕刊に連載の「貝殻一平」のあとをうけて、「乱菊物語」を執筆することになった谷崎潤一郎氏はズックのカバンを肩に、地図を片手に、まるで中学生の修学旅行のやうないでたちで十七日珍しい姿をひよつこり播州路に現はした
>
> 十六日夜は姫路に一泊、十七日は朝早くから寒い風もものともせず皿屋敷のお菊神社、白鷺城と史跡を廻つて古文書やいろんな古い史料を見て歩き、午後からは播州の古刹書写山へと足を伸した、これは「乱菊物語」の資料蒐集のためである
>
> 谷崎さんは『室町幕府時代を背景にして書きたいと思つてゐるのです、貝殻一平の終るのを待つてまあ半年ぐらゐ続けたい……』といふだけで、その底は判らないが書写の次には増井温泉へ、それから室津へ、それから播州の離れ島、家島へ数日の旅を続けるのださうだ②
>
> 始めて大衆ものに筆を染める谷崎氏はとてもすばらしい熱意が動き、その雄大な構想のもとに一々史実を点検してゆくあたり実に熱心なものだ。＝写真は白鷺城を観察の谷崎氏③

先に触れた「作者から読者へ」という谷崎の文の前には、タイトルも署名もない、次の文が掲載されている。

いふまでもなく、この小説は氏がはじめて筆をとつた大衆読物で、播州路へ一週間あまりも史実や伝説をしらべに行つたり構想に苦心に苦心をかさねた上、今や火花を生ずる勢ひで筆を走らせてゐます、

八月三十一日の紙面には「次の夕刊小説」というタイトルで（署名はない）、「大衆文芸の新しい生き方を示すものとして多大の興味を以て読まれつゝある谷崎潤一郎氏の「乱菊物語」はいよ〳〵近く終結」という文が掲載されている。「乱菊物語」を「大衆文芸」と関連づけたのは、谷崎ではなく、朝日新聞社の関係者なのである。

朝日新聞社の関係者が意識していたのは、『大阪毎日新聞』、『東京日日新聞』に連載された中里介山の『大菩薩峠』だったのではないだろうか。『大菩薩峠』は、はじめ『都新聞』に一九一三年九月から一九二一年十月まで連載された（途中、幾度か休載した期間がある）。一九二一年五月から一九二二年七月にかけて春秋社から単行本全十冊が刊行された。これが人々の関心を呼び起こすきっかけになったといわれる。『大阪毎日新聞』、『東京日日新聞』に『大菩薩峠』「無明の巻」の連載が始まったのは一九二五年一月六日のことである。連載期間は次のとおりである。

一九二五年一月六日～十二月二十八日「無明の巻」、「白骨の巻」、「他生の巻」
一九二六年一月五日～十月二十一日（途中休載がある）「流転の巻」、「みちりやの巻」
一九二七年十一月二日～一九二八年四月七日「めいろの巻」

一九二八年五月二十二日～九月八日「鈴慕の巻」、「Ocean の巻」

途中、一年あまりの休載期間があるとはいえ、連載が続いたということは読者に受け入れられたことを意味していよう。この間、一九二七年十一月には春秋社から普及版『大菩薩峠』全十八冊の刊行が始まり、一九二九年九月には特装版『大菩薩峠』全六冊の刊行が始まり、毎日新聞に連載された分も収録された。谷崎は、「大毎の夕刊に載り出してから、改めて前の方を通読して見た。」（『饒舌録』）という。印象の残った場面として谷崎が『饒舌録』で挙げているのは、おおむね毎日新聞に掲載されたものである。すなわち、「塩尻峠の三人の武士との立ち廻り」は「白骨の巻」にあり、「宇津木兵馬が狼に喰ひ殺された賊の死骸に刃物の痕を認めるところ」は「無明の巻」にあり、「龍之介が独り山道を歩きながら、路端に湧き出る清水で眼を拭ふ一節」は「他生の巻」にあり、「何とか云ふ淫乱の後家と番頭とが疑問の死に方をする」場面は「流転の巻」にある。

一九二〇年代に新聞社は購読者層の拡大に力を入れた。『大阪毎日新聞』は一八八八年十一月に創刊されたが、当時の発行部数は約五千部であり、『大阪朝日新聞』の三万四千部とはケタ違いの差があった。しかし、次第に『大阪毎日新聞』は発行部数を伸ばし、一九二〇年代には『大阪朝日新聞』の発行部数に迫る勢いだった。[4] こうなると、『大阪朝日新聞』も手をこまぬいているわけにはいかない。『大菩薩峠』を評価した谷崎潤一郎に「大衆文芸」を執筆させようと朝日新聞社の関係者は考えたのではないだろうか。その依頼を断りきれない事情が谷崎にはあった。

当時、谷崎は多額の借金の返済に悩まされていた。詳しい経緯については千葉俊二氏が論じている。[5]

本山村梅ノ谷（現・神戸市東灘区岡本）に四百五十坪の土地・家屋を購入しようとした。一九二七年七月十二日付け、新潮社の中根駒十郎宛の手紙には、「ざつと四万三千余円になります。」と記している。七月十日に内金として全額の一割を支払い、契約書を取り交わすはずだった。ところが、資金の融通をアテにしていた改造社に断られた。そこで新潮社の方で何とかしてもらえないかというのである。朝日新聞社にも借金をした。『谷崎潤一郎全集』第二十四巻（中央公論社　一九七〇年七月）では、「年代推定」として一九二八年とされている、七月七日付け、朝日学芸部石田、小倉宛の手紙には、次のように記している。

昨夜帰宅いたしました／毎度御手数ながら原稿料千円例の通り御払ひ込み（第一銀行へ）願度、何卒急いで御取計らひ願へれば幸甚に存じます、／長さは大体予定之通り百五十回前後にて終ります、依つて完結までにすべて御消却出来る訳です

ここに述べられている作品が何であるのかは不明である（「黒白」かもしれない）。一九二八年四月十八日付け、中根宛の手紙には、朝日新聞社との交渉に触れて、次のように記している。

先日の御手紙に依ると「黒白」を全集に入れるやうに考へてをられるらしいですが、もと〳〵朝日の夕刊へ百五十枚程度のものを書き、それを上げる筈でした、（…）その夕刊の原稿もすでに始めの方は数回分書けてゐて、中川氏のさしゑも出来て居るのです、朝刊は山本有三氏が急に書

けなくなつたので、代りに私が頼まれて、よんどころなく承諾したので、「黒白」は夕刊の連載物とハ別なのです、夕刊の方のハ、朝夕に僕の物が載るのは面白くないから朝刊の方がすむまで延期しましたので、早晩これも載るのです、夕刊の方の題ハ「阿波の鳴門」と云ふのですが、この題ハ或はかへるかもしれません。

「全集」というのは一九二九年十一月に刊行された『現代長篇小説全集　谷崎潤一郎篇』（新潮社）のことで、それに収録する作品に関する手紙である。「黒白」は『大阪朝日新聞』、『東京朝日新聞』に一九二八年三月から七月にかけて連載された。「代りに私が頼まれて、よんどころなく承諾した」というのは借金の問題が関わっていよう。「阿波の鳴門」は発表されなかった。「黒白」の連載が終わってから『乱菊物語』の連載が始まるまでの間、『大阪朝日新聞』には「カフェー対お茶屋・女給対芸者」（一九二九年八月）、「草人を迎へに行く日」（同年十二月）という短文が掲載されただけである。一方、『大阪毎日新聞』、『東京日日新聞』には一九二八年十二月から一九二九年六月にかけて「蓼喰ふ蟲」が連載される（十一月には改造社から単行本が刊行される）。朝日新聞社の関係者にしてみれば釈然としないものがあっただろう。「黒白」は、完結というものの、打ち切ったも同然であるのに、別の作品がよりにもよってライバル紙に連載され、しかも「蓼喰ふ蟲」は作品としてまとまりのあるものなのだから。

一九二九年十一月四日付け、嶋中宛の手紙には、次のように記している。

さて「葛の葉」の方、大体腹案かまとまりましたが吉野地方を使ふので、今月中に吉野の宿屋へ行つて書くつもりです、吉野葛の工場を見せて貰ふ必要があるのですが、案内してくれる人の都合と、外に一寸季節の関係があるので二十日頃になると思ひます、

「葛の葉」は、のちに「吉野葛」と改題され、『中央公論』一九三一年一月号、二月号に連載された。発表時期が『乱菊物語』よりも後になったので、これまで注意が払われたことはないが、「葛の葉」の執筆と『乱菊物語』の執筆とは時期的にかさなるばかりでなく、両者の間には関わりがある。その経緯をたどってみよう。「葛の葉」の執筆にじっくり取り組みたいという思いが谷崎にはあった。十一月八日付け、嶋中宛の手紙には、次のように記している。

此の頃私はいつもいつも締め切りに追はれて、ほんたうに心から落ちついた筆を執つたためしがなく（…）せめて「葛の葉」だけはほんたうに落ちついて吉野の山に立て籠つて書きたいのです、「黒白」を連載するにあたって、「これから当分、一回分が四枚弱として少くとも三四ヶ月を書きつ

づけるのは、私のやうな遅筆家にとつては容易ではない。」といい、「新聞がある間は（…）毎日ぢつと書斎に立て籠もつてゐなければならない。」（「序にかへる言葉」）と記している。一方、一九二八年三月から『改造』に連載した「卍」も書きついでいた。ときには雑誌三、四ページ分しか掲載されないこともあった。これも借金の返済のためである。一九二九年九月六日付け、改造社社長山本実彦宛の手紙には、次のように記している。(6)

卍原稿百二十五枚目迄本日御送りいたします／此あとは締切りまで尓間にあひかねますので十月号尓は此処まで御掲載を願ひます

十一月八日付け、嶋中宛の手紙に「此の頃私はいつもいつも締め切りに追はれて」と記したのには、こうした事情が関わっていよう。十一月二十一日付け、嶋中宛の手紙には、次のように記している。

吉野へは先日土曜と日曜と二日がかりで参りましたが上市から國栖の方まで見て一旦帰つて来ました、あまり山は寒いので此方で仕事をするか、それとも今一度出かけるか、考へてゐます

國栖は「吉野葛」の津村の母の生まれ故郷とされ、実家は和紙作りを営んでいると設定されている。十一月二十六日付け、嶋中宛の手紙には、苦情を記している。嶋中から新年号のための原稿依頼があったのだろう。

すでに「葛の葉」の方を書き始めてゐるのです、ウソだと思ふなら二三日中に十枚でも二十枚でも御送りします、ソレを中途で又外の仕事をする、そんな事は出来ません、それでは落ち着いて書きたいと云つたのが駄目になります、

「葛の葉」はなかなかまとまらなかった。十二月七日付け、嶋中宛の手紙には、次のように記している。

原稿兎に角此れだけお目にかけます／実はどうも書きにくいので又中途から書き直して手紙の文の形式に改めました、それでおくれました、／或は中央公論より婦人公論の方に向きさうです、どちらでも御考へに任せます、

一九二九年十二月十日付け、嶋中宛の手紙には、「「葛の葉」あと十六枚今日発送いたしました、(…)さしゐが一枚原稿第廿八枚目へ入れるのですが今画いてもらつてゐます(…)」と記している。雑誌発表に向けて作業が進んでいたことがわかる。ところが、それを中断せざるを得なくなった。朝日新聞社から小説執筆の依頼があったからである。一九二九年十二月十三日付け、日本画家北野恒富宛の手紙には、次のように記している。(7)

いづれ今少しまとまりましてから参上いたしますが楠氏遺族を主にする事は止めまして播州皿屋

敷即ち御菊伝説を骨子とし八方へ手をひろげるつもりで居ります、時代は永正頃より大永頃、後柏原帝時代将軍足利義澄―義稙、―義晴―の頃、舞台は播州一国が主で、（外に京都、近江、大和等）、将軍、大名（赤松、浦上、小寺、浮田等）室の遊女、書写山の僧、海賊、家嶋の砦、姫路城等出て参ります、参考書を御送りするとよいのですが今一寸手放しかねますので、そのうちあき次第御覧に入れます、新聞へ出るのは二月からださうです、

挿し絵を担当する北野に作品の構想について伝えようとしたわけだが、この文面からどの程度のことがわかるだろうか。「皿屋敷即ち御菊伝説」についてはそれなりに知っていようが、それと「室の遊女、書写山の僧、海賊」がどう関わるのかは見当もつかないだろう。「其後一度御訪ね致度存ながら」とこの手紙は書き出されているので、すでに谷崎と北野は会っていて、そのとき「楠氏遺族を主にする」と谷崎は話したのだろう。それは止めにしたというのである。「新聞へ出るのは二月から」というにしては構想がまとまっているとはいいがたい[8]。

「蓼喰ふ蟲」の挿し絵を担当する小出楢重に宛てた、一九二八年十一月四日付けの手紙には、次のように記している。

新聞の方は御大典記事が済んだ後十六日から載るさうです、それで急ぐにも及びませんが兎に角三回だけ御届けいたします、絵が御出来になつたら一応小生まで原稿御返し願ひます。／此の中の男の歳ハ三十七八歳、女の方ハ二十八九歳に願ひます。しかし必ずしも拘泥されにハ及びませ

ん貴下の感じで結構です。

「室内装飾を出す必要があれば多少文化住宅式ハイカラの方がいいと思ひ升」と追記している。連載開始予定の十日あまり前で、挿し絵を担当する画家に三回分の原稿を見せることができた「蓼喰ふ蟲」の場合と、連載開始予定まで一ヶ月以上ある『乱菊物語』の場合とを簡単に比較するわけにはいかないが、せめて「御菊」の年令の設定くらい北野に伝えられなかったのかと考えてしまう。一九三〇年二月十八日に掲載された「谷崎潤一郎氏播州路へ」という記事には、「谷崎さんは『室町幕府時代を背景にして書きたい（…）』といふだけで、その底は判らない（…）」と記されていた。おそらく、同行した記者は谷崎から作品の概要を聞きだそうとしたのだろうが、満足な答えは得られなかったのだろう。この旅行自体、二月から連載するはずだったのに原稿ができないことにゴウをにやした新聞社が企てたのではないだろうか。紙面に写真を掲載することを谷崎は「よんどころなく承諾した」のだろう。一九三〇年三月一日付け、嶋中宛の手紙には、「殊に昨日新聞の方から又催促して来ました（…）」と記している。

『乱菊物語』は百四十八回で「前篇終り」ということになった。三瓶氏は、「谷崎の前の夕刊連載小説、林和の「遊俠一代男」も「前編終り」であるし、朝刊の細田民樹の「真理の春」もはやり「前編」で終っている。林のは一〇七回、細田のは一四五回である。」と指摘している。谷崎はこうした先例にならったとも考えられる。(9) 一九三〇年八月二十四日付け、小倉敬二宛の手紙には、次のような弁明を記している。

さて乱菊物語も、少し書きたいと思ひ昨日までハその気でをりましたが事件以来訪客多く、私自身は何の煩悶もないのですが、周囲の空気のために心おちつかず、とても筆が執れませんので、いつそ一昨日の分即ち百四十回にて一と先づ前篇終りと云ふやうな体裁にして頂けますまいか、(…)己むを得なければバもう少しは書きますが、ここで又書くと五六回以上にしなければキリがわるいのです(…)

「事件」というのは、谷崎が妻の千代と離婚し、千代は佐藤春夫と結婚することになり、そのことを手紙で知り合いに伝えたことを新聞が報道したものである。一九三〇年八月十九日の『大阪朝日新聞』には「谷崎氏夫人をめぐる/愛慾葛藤の清算/離婚して佐藤春夫氏と結婚」という見出しのもと、知人に送った手紙を引用した記事と、里見弴、川田順、土田杏村たちの談話とが掲載されている。谷崎にしてみれば、「周囲の空気のため」というのは口実で、このあたりで新聞の連載などやめたいという思いがあったのかもしれない。「谷崎潤一郎氏播州路へ」には「(…)まあ半年ぐらゐ続けたい……」という谷崎の談話が記されていたし、一九三〇年七月十日付け、嶋中宛の手紙には、原稿の依頼に対して「もう一二ケ月ですむのですからいつそ新聞の終るまで待つて下さいませんか、」と記している。「事件」が報道される以前に『乱菊物語』の執筆は九月ころまでと考えていたわけである。小倉宛の手紙には、「原稿料ハまだ百円ほど債務が残るかと存じます、この事につきても改めて御願ひあり詳細ハ拝顔申述ます」と記しているので、『乱菊物語』の執筆も借金の返済が関わっていたことがわかる。

4

「作者から読者へ」には「戦乱の世の話であるのと、主人公の主なる一人にお菊といふ女性があるのと二つに因んで「乱菊」といふ題を附けた」と記したのにもかかわらず、三瓶氏が指摘したとおり、『乱菊物語』にお菊と名のる女性は登場しない。お菊の名前さえ記されることはない。一九二九年十二月十三日付けの、北野宛の手紙に、「播州皿屋敷即ち御菊伝説を骨子とし（…）」と谷崎が記したことから、細江光氏は「『乱菊物語』の後篇に「播州皿屋敷」が取り込まれる予定だった（…）」と指摘し、「播州皿屋敷」に関わる文献を紹介し、考察を試みた[10]。ここでは、谷崎が典拠とした文献をどう扱ったのかという観点から「播州皿屋敷」と『乱菊物語』の関わりについて考えてみよう。

『乱菊物語』は、播磨国の守護赤松氏の衰亡をモチーフにしている。将軍足利義教を殺害した赤松満祐が幕府軍の攻撃で死んだ嘉吉の乱（一四四一年）で赤松氏は没落したが、満祐の弟義雅の孫の政則は、応仁の乱（一四六七年〜一四七七年）で管領細川勝元方に属して戦い、播磨、備前、美作を治めるようになった。政則の死後、跡を継いだ政村と、家老職でありながら権勢をふるう浦上掃部助（村宗）とは、ことある毎に対抗心を燃やす。二人はそれぞれ家来を京都につかわし、貴族の女性を連れてこさせる。女性たちの容貌競べで政村の家臣久米十郎左衛門の策略で恥をかかされた掃部助は、政村の愛する胡蝶を略奪する。胡蝶が浦上の居城である三石城に連れ去られたことを知った政村は、「三石の城を攻めに行くのだ。胡蝶はきつと取り返してやる！」という。政村が、「十郎左！十郎左！」／

と大声に叫んだ。」という一文で『乱菊物語』は結ばれている。

細江氏は、政村と掃部助との争いに女性が関わっているというのは、『備前軍記』にもとづくことを明らかにした。『備前軍記』によると、次のとおりである。久米十郎左衛門は、政村から申しつけられたことを村宗に伝えようと訪ねたが、三度も行ったのに出会えなかった。腹を立てた十郎左衛門は策謀をめぐらす。「京都より小蝶[11]といふ女を、政村呼下し、十郎左衛門が許に、預け置かれ」たのを、村宗を招待して小蝶に会わせ、村宗が「小蝶を所望」したので、その夜、十郎左衛門自身は城に行きわざと留守にした間に、小蝶は村宗の家来に連れ去られる。十郎左衛門は素知らぬふりで政村に、「小蝶を盗みしは、掃部助が所為にて候。」と告げ、政村は、「掃部助を成敗すべし」と思い立つ。

もし、『乱菊物語』の後篇を書くことになれば、政村が胡蝶を取り戻すことができたのかを書くことになろう。しかし、『備前軍記』は赤松と浦上の合戦については一々詳しく記しているが、「小蝶」がどうなったのかは記していない。また、谷崎が典拠とした文献によって年月日は異なるが、結局のところ、政村は浦上の家臣によって殺される。果たして、こうした典拠の記述にこだわることなく、谷崎は政村と胡蝶について書くことができただろうか。私には疑わしい。なぜなら、細江氏が指摘するように、谷崎は、『乱菊物語』を執筆する際に、「自由奔放に空想を羽搏かせて見たいと考えていた」にもかかわらず、「実際には、生来の慎重さから、入念な時代考証・現地調査なしには、作品を書く事は出来なかった」からである。

『乱菊物語』の典拠については、三瓶達司氏、長野嘗一氏[12]、宮内淳子氏[13]、細江光氏によって指摘されている。次のとおりである。

『撰集抄』（作中に言及されている）、中山太郎『売笑三千年史』（春陽堂　一九二七年二月）、平野庸脩『播磨鑑』（宝暦十二年。一九〇九年に播磨史談会が活字本を刊行したという）、秦石田『播磨名所巡覧図会』（文化元年）、『万載狂歌集』、『嬉笑遊覧』、『狭衣物語』、『元亨釈書』、『本朝高僧伝』、吉田東伍『大日本地名辞書』、『応仁後記』、『続応仁後記』、『赤松記』、『赤松再興記』、『太平記』、『平中物語』、高野辰之『日本歌謡史』（春秋社　一九二六年一月）、「ものくさ太郎」、朝倉無声『見世物研究』（春陽堂　一九二八年四月）、『貞丈雑記』、『兵庫県飾磨郡誌』（飾磨郡教育会　一九二七年十月）、『揖保郡地誌』（揖保郡役所　一九〇三年）

このほかに、細江氏は、土地に伝わった歌謡などにもとづくと思われる事例を指摘している。かつて長野氏は、『乱菊物語』「海島記　その二」に描かれた「人喰ひ沼」を谷崎の空想の産物としたが、『兵庫県飾磨郡誌』の記載にもとづくことを、細江氏が明らかにした。

これまで問題にされたことがないが、典拠とした文献によって記述が異なる場合、谷崎はどうしたのだろうか。谷崎自身がそれぞれの文献の史料的価値を勘案し、判断を下したとは考えにくい。参考にした書物があったと思われる。『乱菊物語』「夢前川　その一」には、政則の死について、「明応五年に、（…）四十二歳の短命を以て世を終つた（…）」と記している。政則の死んだ年は谷崎が典拠とした文献によってまちまちである。『応仁前記』、『赤松記』では「明応二年」であり、『播磨鑑』では「明応元年」であり、『備前軍記』では「明応三年」であり、『備前軍記』は「一説に、明応二年といふ。又五年といふ。共に非なるべし。」という注をつけている（ここに挙げた文献のうち、『備前軍記』だけが「四十三歳」で死んだとする）。一方、渡辺世祐[14]の『室町時代史』（初版は一九一五年八月。私が参照したのは、一九二六年に早稲田大学出版部から刊行された訂正増補版である）の「第三編　室町衰微時代　第九章　諸国の争乱　第六節　中国の動静　第一　赤松氏の内訌」は、「明応五年四月赤松政則卒せしが」と書き出されている。谷崎は執筆に際して原資料ともいうべき文献ばかりでなく、『室町時代史』のような書物も参考にしたことであろう。『乱菊物語』「発端　その一」では日明貿易について記し、日本の輸出品、輸入品を列挙している。品目が全く一致するわけではないが、『室町時代史』を参考にした可能性はある。

「御菊伝説」の取り扱いにも、典拠をおろそかにしない谷崎の態度がうかがえる。一九三〇年二月には「皿屋敷のお菊神社」などを訪ねている。細江氏は矢内正夫『沿革考証　姫路名勝誌』（一八九九年）にもとづき播州皿屋敷の概要を紹介している。すなわち、次のとおりである。永正元年二月、十八歳で姫路城城主になった小寺則職に対して、青山鉄山らが謀反を企む。小寺家の忠臣衣笠元信は、妾のお菊を女中として青山家に送り込み、様子をさぐらせる。お菊の働きで、鉄山が増位山の花見で則職を毒殺しようと企んでいることがわかる。花見のとき（永正二年）は鉄山一味をしりぞけるが、浦上村宗が鉄山に呼応して謀反を起こしたので、則職は家島に逃れる。鉄山と村宗は赤松政村を室津に幽閉し、一時栄華を極める。鉄山はお菊を憎み、小寺家の重宝である十枚一組の皿のうち一枚を紛失したとしてお菊を拷問にかけ殺害する。矢内が取り上げたのは、「姫路皿屋敷といへる一部十三巻の小説」であり、矢内は「斯る出来事のなかりし事は明らかなる次第」であると指摘している。

橋本政次氏（『姫路城史』下巻の「著者略歴」によると、橋本氏は一九二五年八月から神戸新聞社姫路支局長を勤めている）は、『姫路城史』上巻（初版は一九五二年三月刊行。新版は臨川書店から一九九四年十月刊行）で、「播州皿屋敷実録」（著者不詳）の伝えるところを紹介した上で、考証を加え、「実録」と称しているにもかかわらず、他の史料と照合すると誤りの多いことを明らかにした。まず、則職が父豊職の死で跡を継いだのを永正元年二月のこととするが、「赤松大系図によれば豊職は延徳三年に卒し、その家は政隆が継ぎ、則職は永正十六年政隆が御着に移つてから姫路城主となつた」のである。増位山の戦いや村宗が政村を室津に幽閉したのを永正二年三月のこととするが、橋本氏は「大永元年のこと」と記している。青山鉄山は小寺家の執権職であるとするが、橋本氏は、「則職の執事も八代氏で、青山氏といふは所見がない。」という。小寺家は「お菊の忠烈」に感じ、三菊大明神（於菊神社）と崇めたとするが、橋本氏は、「村翁夜話集に「是は近年祭るよし」と見え、（…）姫路城内のお菊井戸なども、近年かかる名称を附したものである。」といい、則職の時代にさかのぼるものではないとする。[15]

谷崎がこれらのことをどの程度知っていたのかは定かでないが、谷崎が典拠とした『播磨名所巡覧図会』は「皿屋敷」の項は設けながら何の説明もせず、「この世話は、児女子の口にのみ残りて、書きつたへたる物なし。たまたま『播州志』の類に聞がきなどあれども、芝居の下手趣向に似て、かならず偽作とは見えたり」と否定し去っている。「播州皿屋敷」というにもかかわらず、播磨の地域と結びつくものはない。室が遊君花漆をはじめとする伝承の地であり、家島や周辺の島々に土地の言い伝えがあるのとは全く違う。御家騒動という芝居によくあるパターンを踏襲しているにすぎない。谷崎は、花漆に劣らぬ遊君としてかげろふ御前を描いている。かげろふ御前は政村や掃部助を体よくあしらい、「海龍王」と名のる若者の太刀の切っ先をたくみにかわす。家島の領主苫瓜助五郎はかげろふ御前と共謀して海賊として略奪行為をする。かげろふ御前こそ谷崎が空想を自由に羽搏かせて描き出した人物である。一方、「お菊」は播磨との関わりはなく、あのあまりにも有名な、皿の数を数えるイメージを振り払うことはできない。「作者から読者へ」には「主人公の主なる一人にお菊といふ女性がある」と記したけれども、『乱菊物語』を書きすすめるうちに「お菊」を書くつもりは消え失せたのではないだろうか。

5

『乱菊物語』の執筆は借金の返済のために引き受けた仕事であり、連載期間は六ヶ月（百五十回）くらいという腹づもりであったと思われる。谷崎にとってあまり気のりのする仕事ではなかったようであるが、さまざまな文献を典拠として用いたり、土地の言い伝えを作中に取り入れたりする創作方法は、「葛の葉」の執筆をすすめるのに活かされた。

一九三〇年四月二日付け、嶋中宛の手紙には、「「葛の葉」は読み返しましたがどうも感心しません、あれは童話に書き直して婦人雑誌か少年雑誌へ出したいと思ひます、」と記している。一度は雑誌発表の準備をすすめていたにもかかわらず、書き直すというのである。ところが、『乱菊物語』の連載をやめた後、あらためて吉野に出かけている。一九三〇年十一月二日付け、妹尾宛のハガキには、「とうとう奥吉野まで行つて来ました、今夜は柏木泊、昨夜は北山泊」と記している。また、十一月四日付け、吉野郡上北山村の奥村喜一郎宛の手紙には、次のように記している。

あれより柏木に出て翌日三の公を探勝昨三日夜無事桜花壇へ戻申候／御恵投之御書籍三冊帰来早速通覧、小生は今日まで北山宮を尊秀王とのみ思ひ居り候処始めて蒙を啓き候

「吉野葛」が典拠として用いた文献や土地の言い伝えに関しては平山城児氏が詳しく論じている。(16) 「吉野葛」「その一　自天王」には、作家である「私」が構想をねっている小説に関連していわゆる後南朝の歴史が記され、『南山巡守録』、『南方紀伝』、『桜雲記』、『十津川の記』、『上月記』、『赤松記』などを典拠として挙げている。「その六　入の波」では、「私」が自天王の事跡を訪ねて三の公谷の崖の道をたどるさまが記され、「御前申す」とか「べろべど」と呼ばれた岩に関する土地の言い伝えを記している。信田妻の伝承にもとづく「葛の葉」は、吉野に関わる文献や土地の言い伝えを用いて作り出された枠の中で、津村の母恋い・妻問いの物語を述べることによって「吉野葛」になったのである。

注

（1）「「乱菊物語」の典拠」（『近代文学の典拠―鏡花と潤一郎』（笠間書院　一九七四年十二月）所収）

（2）一九三〇年二月二十日付け、妹尾健太郎宛のハガキには、「瀬戸内海の家嶋に渡り二泊、唯今室の津へ帰りました、廿二日か三日帰宅珍談満載」と記している。

（3）全身を真横から撮った写真が掲載されている。表情はよくわからない。文中にあるとおり、かつて中学生が使ったようなズックのかばんを肩からさげている。

（4）本田康雄氏『新聞小説の誕生』（平凡社　一九九八年十一月）
（5）水上勉氏　千葉俊二氏『谷崎先生の書簡　増補改訂版』（中央公論新社　二〇〇八年五月）
（6）改造社関係資料研究会編『光芒の大正』（思文閣出版　二〇〇九年二月）
（7）稲澤秀夫氏『秘本　谷崎潤一郎』第三巻（鳥有堂　一九九二年七月）
（8）稲澤氏はこの手紙の影印を掲載しているが、それによると、（外に京都、近江、大和等）という一節は行間に書き加えたものである。近江、大和は『乱菊物語』の舞台にはならなかった。
（9）先に触れた七月七日付けの手紙には「長さは大体予定之通り百五十回前後」と記している。
（10）「『乱菊物語』論／―典拠および構想を巡って―」（『日本近代文学』第四十八集　一九九三年五月）
（11）「胡蝶」という表記は『兵庫県飾磨郡誌』によることを細江氏が明らかにした。
（12）『谷崎潤一郎―古典と近代文学』「第八章　乱菊物語」「八　古典との比較」（明治書院　一九八〇年一月）
（13）「谷崎潤一郎「乱菊物語」論」（『相模国文』第十七号　一九九〇年三月）
（14）「春琴抄後語」（『改造』一九三四年六月）には、直木三十五の「「関ヶ原」を読む時よりは、却って渡辺世祐博士の「稿本石田三成」を読む時に、一層感銘が深いのである。」と記している。
（15）『赤松記』と『備前軍記』は永正十七年とし、『続応仁後記』は大永元年とする。永正十七年の翌年、改元して大永元年になった。
（16）平山城児氏『考証『吉野葛』』（研文出版　一九八三年五月）

「細雪」と写真

1

谷崎潤一郎は、一九二三年九月一日に起きた関東大震災を契機に関西に移住し、「蓼喰ふ蟲」（一九二八〜二九年）、「吉野葛」（一九三一年）、「蘆刈」（一九三二年）、「春琴抄」（一九三三年）といった、古典と関わりのある作品を次々に発表した。とりわけ「細雪」は「滅びゆく日本の美しい伝統的世界を見事に描きだしている。」と評されたこともあり[1]、谷崎の代表作とみなされている。なかでも上巻第十九章に描かれた花見の場面は名高い。

古今集の昔から、何百首何千首となくある桜の花に関する歌、――古人の多くが花の開くのを待ちこがれ、花の散るのを愛惜して、繰り返し〳〵一つことを詠んでゐる数々の歌、――少女の時分にはそれらの歌を、何と云ふ月並なと思ひながら無感動に読み過して来た彼女であるが、年を取るにつれて、昔の人の花を待ち、花を惜しむ心が、決してたゞの言葉の上の「風流がり」ではないことが、わが身に沁みて分るやうになつた。

第十九章のはじめに幸子の感慨としてこのように述べられていることもあって、花見の場面は古典との近しさの文脈で読まれてきたといってよいであろう。一方、同じ花見の場面で貞之助が写真を撮っていること、彼の用いたカメラのことなどはほとんど取り上げられたことがない。

明くる日の朝は、先づ広沢の池のほとりへ行つて、水に枝をさしかけた一本の桜の樹の下に、幸子、悦子、雪子、妙子、と云ふ順に列んだ姿を、遍照寺山を背景に入れて貞之助がライカに収めた。

ライカは一九二五年に発売された。それまでのカメラが一抱えもある大きさで、三脚に固定して撮影しなければならなかったのに対し、ライカは一方の手で持ち、もう一方の手でシャッターを押せば撮影することができた。ライカのこういう特性を生かした写真を撮り「スナップショットの名人」と呼ばれた木村伊兵衛は、ライカとの出会いを次のように述べている。(2)

昭和四年にドイツからツェッペリンという飛行船が来て、乗組のエッケナー博士がぶらさげていたライカ・カメラが、しばらくして銀座の出雲商会のショウ・ウインドーに出ていたのを見て、ものを売りはらってそのA型を買った。それからC型、次に連動のD型と交換してはライカ写真の研究を続けた。

レンズ交換が可能になり、スローシャッターが加わり、距離計が一体になった、ライカDⅢ型が発売されたのは一九三三年のことである。(3) 田中眞澄氏はライカD型について、次のように述べている。(4)

師岡宏次によれば、一九三三年頃に写真屋を開業するとして、カメラと付属品一式が中古品なら最低三十六円で揃ったのに対し、最新のライカD型（一九三二年発売）は五百二十円、当時は小さな家一軒買える値段で、交換レンズのヘクトール七三ミリｆ一・九がやはり五百二十円だったという（…）

「小さな家一軒買える値段」かどうかはともかくとして、木村伊兵衛が「ものを売りはらって」買ったほど高価なものであったのだろう。「細雪」上巻第十九章の花見の場面は一九三七年四月のことである。貞之助のライカがどのタイプのものか明記されていないが、貞之助が買おうと思えばD型を買うことができたわけである。貞之助は「計理士」（上―三）で「堺筋今橋の事務所」（中―二十八）に毎日通っている。「外に養父から分けて貰つた多少の資産で補ひをつけつ、暮してゐる」（上―三）という。さすがにD型を買うのは無理だったにしても、貞之助は新型の高価なカメラを持っていたのである。本稿ではライカを取り上げることで「細雪」に新たな観点からアプローチを試みる。

2

谷崎の作品に述べられた写真については石野泉美氏が「痴人の愛」、「卍」、「春琴抄」を取り上げて考察し[5]、馬場伸彦氏が「痴人の愛」、「春琴抄」、「友田と松永の話」を取り上げ、同時代の写真をめぐるさまざまな状況と対比して論じている[6]。私は「痴人の愛」、「肉塊」、「白晝鬼語」を取り上げて論じ、「谷崎が、こうした写真をめぐる同時代の動きにどこまで通じていたかは定かではない」と述べた[7]。谷崎と写真との関わりを考える上で、馬場氏が引用した谷崎の「妹」(『婦人公論』一九二二年七月)は短文であるが、貴重なものである。

私は元来写真なんて云ふウルサイ仕事は嫌ひな方で、支那へ行く時も面倒な気がして持つて行かなかつたくらゐですが、友達に非常な写真道楽の男が居て、苟くも映画芸術にたづさはつてゐる者が写真の事を知らないぢや不都合だなどと云ふのでつい釣り込まれてやつて見る事になりました。大正活映の技師たちが終始家へ出入りするので、そんな人たちに教へられて現像も焼付けも大概自分でやつて居ます。写真もあんまり凝り過ぎた、芸術写真と云ふやうなものは何だか不自然な、無理な所があるやうで感心しません。たゞ有りのまゝの物を写して、何の細工も施さないで、それが絵になつてゐる程度で沢山だと思ひます。

こゝに出したのは妹を撮つたのです。別に傑作の積りでも何でもありません。波多野女史が此れを出せと云はれたので出す気になりました。どうもファインダーを覗くのが下手で、時時位置が狂ふのに弱つてゐます。

「芸術写真」というのは、ネガから印画紙に焼き付ける際に「細工」をほどこし、写真独自の表現を目ざすのではなく、絵画の表現に似せることで写真に芸術的な価値を持たせようとしたものである。「肉塊」（一九二三年）の吉之助も「芸術写真」にこったことがあるが、そのうち、「芸術写真」がまがいものに思え、批判的になる。

自分は今、自分の智恵である物の線を有るがまゝ、よりぼかさうとしたり、ある部分を一層明るくしようとしたり、自分の好みに随つてピンクだとかブリユウだとか、勝手な色調に染めようとしてゐる。さうして出来たものを世間は芸術だといひ、撮影家の個性や気分がよく現れてゐるといふ。

『婦人公論』に掲載された「妹を撮つた」写真は「芸術写真」のような細工をほどこしていない。やや右向きの女性の胸から上の半身の写真である。女性が洋服を着、大粒なネックレスをしているところに当時の谷崎の好みがうかがえよう。

さて、「妹」で「友達に非常な写真道楽の男」がいると述べているのは、谷崎の小学校以来の親友である笹沼源之助のことである。谷崎が「編輯者」としてまとめた笹沼源之助の追悼文集である『撫山翁しのぶ草』（一九六三年五月）の巻頭には「笹沼宗一郎／序にかへて」と題した一文が掲載されていて、笹沼源之助の息子宗一郎は次のように述べている。

父は趣味の広い人と云ふより何事にも興味を持ち、極めて新し物好きでした。何んでも囓つて見てその中から自分の好みに合ったものに深く凝ると云ふ風がありました。二十歳頃から写真に凝つて自宅に暗室を設け盛んにやつてゐた様であります。（…）ライカの最初のモデルが大正十五年に銀座の玉屋に輸入されるや直ちに手に入れ、「これからは小型カメラの時代だ」と得意になってをりました。

笹沼源之助は中国料理の偕楽園の息子だった。谷崎は、『幼少時代』（一九五五〜五六年）の「偕楽園」、「源ちゃん」で詳しく述べている。偕楽園は一八八三年（明治十六年）に開業した、東京市内にただ一軒しかなかった中国料理店である。最初は会員組織で笹沼源之助の父源吾が支配人を勤めていたが、譲り受けて一般の客に開放したという（のちに源之助が父のあとを継ぐ）。笹沼源之助が「二十歳頃」といえば一九〇五年（明治三十八年）前後である。笹沼源之助は一九〇六年九月に東京高等工業学校電気工学科に入学した。『撫山翁しのぶ草』に寄せられた友人の回想によると源之助は化学知識を持っていたというから、「自宅に暗室を設け」自分で現像したのであろう。宗一郎の記す「大正十五年」（一九二六年）というのを信じるならば、笹沼源之助は木村伊兵衛よりも早くライカに着目したことになる。谷崎にライカのことを教えたのは笹沼源之助であると考えてよかろう。「細雪」下巻第十章には、「妙子は、(…) 新しいクロームライカを持つてゐた。」と述べられている。これは、一九三二年に発売されたモデルⅡ型をクロームメッキ仕上げにしたもので、一九三三年に発売された。このことからも谷崎がライカに関して一応の知識を持っていたことがわかる。

3

貞之助は平安神宮でも盛んに写真を撮っている。

貞之助は、三人の姉妹や娘を先に歩かして、あとからライカを持つて追ひながら、白虎池の菖蒲の生えた汀を行くところ、蒼龍池の臥龍橋の石の上を、水面に影を落して渡るところ、栖鳳池の西側の小松山から通路へ枝をひろげてゐる一際見事な花の下に並んだところ、など、いつも写す所では必ず写して行くのであつた (…)

ライカは小型なので持ち運びを容易にした。貞之助が庭園のあちこちで写真を撮るのはその利点を生かしたことになる。しかし、広沢の池のほとりで、「幸子、悦子、雪子、妙子、と云ふ順に列んだ姿」を写したり、平安神宮でも、「一際見事な花の下に並んだところ」を写したりするのは、ライカの特性を十分生かしているとはいえない。木村伊兵衛は次のように述べている。

ライカD型ならば、小さくはあるけれども、その機能は大きな機械にも優っている。目で見ると同時にシャッターが押せるのである。つまり人間の眼とレンズの眼とが完全に一つになり得るのである。（…）レンズの眼は神経中枢の命ずるままに、自由自在に、あらゆる角度から、あらゆる焦点距離で、あらゆる絞りにおいて、対象を捕らえることが出来るのである。

（「ライカの眼」『三田新聞』一九三四年一月一日）

並ばせたりポーズをとらせたりしたのでは、ライカのこのような特性を生かすことにはならない。刻々と変化していく周囲の情景を、フレーミングなど顧慮することなく、シャッターを押して写すことこそ、スナップショットにほかならない。自作「那覇の市場　本通り」（一九三六年）について、木村は、「ファインダー内の人物を全部見きわめることが出来なかった。画面中央下、やや左よりの老婆まではわかっていたが、右下の土びんをもった女には気がつかなかった。[8]」と述べている。人物を写す場合でも木村は一瞬の表情を捉えようとした。一九三三年十二月、木村は「ライカによる文芸家肖像写真展」を開いた。そのとき展示した写真について、次のように述べている。

この文芸家の肖像写真は、従来の肖像写真への対決でもあった。当時の肖像写真といえば、静止させたポーズと定まり切ったライティングによって出来上っていた。いわば人形的な写真で、写される人の性格を描き出すなどという点からは遙かにかけ離れていた。（…）ライカを使用してスタジオで写せる条件が飛び込んできたのであるから、何をさておいても人物に取り組んだのは当然であった。1／100秒という瞬間に、ある人物の生活をとらえるという、今日でいう決定的瞬間の把握を、私は顔という題材でやったわけである。

高田保に拉致されてモデルにされた杉山平助の「写真のリアリズムの話」(『話』一九三四年二月)によると、撮影の状況は次のようであったという。[9]

さて、黒いバック、ギラギラする人工光線の中に坐らされてみると、驚いたのは奥からドヤドヤ人が出てきて、大宅壮一、高田保、山内光、その他数名がグルリと取りまいて、(…)いろいろと話しかけてくる。(…)身におぼえのないことをいろいろと話しかけてくる。(…)身におぼえのないことをいわれ、そのたびに顔いろを変えてあっちを向いたり、こっちを向いたりして受け答えするのを、傍に写真師主任木村伊兵衛が折敷の構えのごとくライカを構えていて、パチリパチリと狙いうちのごとく撃つのである。

写真家であり批評家である港千尋氏はスナップショットこそ写真独自の領域を開いたものとして、次のように述べている。[10]

いま写真の撮影と言うとき、そこには日常的習慣としての記念撮影から広告や芸術表現としての写真、さらには科学や医学の分野における写真、あるいは軍事的な目的で撮られる写真まで、非常に幅広い記録行為が含まれる。（…）／撮影という点でいえば、スタジオでのポートレート撮影も、確かに写真に特殊なものである。しかしこれを視線として見れば、肖像画家の視線の延長線上にあるものと言っていいだろう。同様に科学や産業あるいは軍事的な分野での撮影における視線には、顕微鏡や望遠鏡、あるいはさまざまな兵器を覗く人間の視線の経験が保存されている。

逆説的に聞こえるかもしれないが、人物にせよ風景にせよ、その一瞬を写そうとするスナップショットは視覚の働きに頼ってはいられない。港氏は、スナップショットは「「嗅覚、直感、一瞥による判断」をわが物として、複雑な作業を瞬時に成し遂げる。」と述べている。

谷崎はこうしたスナップショットの特性、それを可能にしたライカの特性を理解していなかったのであろうか。「細雪」には貞之助のほかに、もう一人、ライカで写真を写す人物がいる。次に引用するのは、妙子の習っていた山村舞の会が幸子の家で開かれたときのことである。

板倉は「御免やす」と云ひながら這入つて来て、／「こいさん、その儘じつとしてとくなさい。――」／と、直ぐ閾際に膝を衝いてライカを向けた。そしてつゞけざまに、前から、後から、右から、左から、等々五六枚シャツターを切つた。（中―三）

板倉の写し方は、一瞬の表情を捉えようとするスナップショットにほかならない。板倉については、次のように述べられている。

阪神国道の田中の停留所を少し北へ這入つた所に「板倉写場」と云ふ看板を掲げて、芸術写真を標榜した小さなスタディオを経営してゐる写真館の主人であった。もと此の男は奥畑商店の丁稚をしてゐたことがあつて、（…）その後亜米利加へ渡つてロスアンジェルスで五六年間写真術を学んで来たと云ふのだけれども、実はハリウドで映画の撮影技師にならうとして機会を掴み得なかつたのだと云ふ噂もある。（中―三）

「芸術写真を標榜した」のは、単に写真撮影を商売とするだけではないことを示そうとしたのであろうが、板倉の関心がスナップショットにあることは、次の一節からもうかがえる。

板倉はあの日、妙子が舞つてゐる間終始レンズを向けて矢鱈に撮つてゐたが、晩方、彼女が衣装を脱ぐ前に又もう一度金屏風を背にして立つて貰ひ、いろ〳〵と姿態の注文を附けて、何枚も撮つた。（中―七）

スタジオと違い、十分な証明設備のない室内で写したわけだからうまく撮れていないのがあったのかもしれない。そこで改めて撮影したのであろうが、板倉にはただ立っている姿を撮るつもりはない。

感心なことには、余程熱心に舞を見てゐたものらしく、姿態の注文を出すのにも、「こいさん、『凍る衾に』云ふとこがおましたな」とか、『枕にひゞくあられの音』云ふとこの恰好して下さ

い」とか、文句や振りを覚えてゐて、自分でその形をして見せたりした。（中―七）

この発表会から二ケ月ほどして山村さくは亡くなる。翌年二月、山村さく師匠追善の舞の会が開かれた。

見物人の最後列に立つて、ライカを舞台の方に向けて、ファインダーに顔を押し着けてゐる男のゐるのが、板倉に紛れもなかつた。（…）板倉は外套の襟を立て、顔を埋め、めつたにキャメラから首を挙げないで、つゞけざまに妙子を撮つてゐる。（中―二十八）

板倉は妙子が舞い終えると、「慌て、ライカを小脇に挟んで急ぎ足に廊下へ出て行く」が、彼と妙子の間柄を疑っている奥畑に見つかってしまう。

（…）奥畑は、刑事が通行人を検べるやうに板倉の体を撫で廻して外套のボタンを外すと、上着のポッケットへ手を挿し入れて、素早くライカを引つ張り出した。（…）指先をがたく顫はせながらレンズの部分を一杯に引き伸ばすと、コンクリートの床の上へ、カチンと、力任せに叩き着けて、後をも見ずに行つてしまつた。

「レンズの部分を一杯に引き伸ばす」というのがどういうことか明らかではないが、交換レンズを外そうとしたのだとすれば、板倉の持っていたのはライカDⅢ型ということになる。木村伊兵衛を初めとする同時代の写真家の志向と同じく、板倉はライカの特性を生かしたスナップショットを撮っているということになる。

持ち運びに便利なライカは報道写真の領域を開拓した。板倉はそのことも理解している。次に引用するのは、一九三八年七月、阪神間が大洪水に襲われたときのことである。

水から此方写真を撮りに来る客がなく、商売の方が当分暇になつたので、災害地の実況を撮影して歩き、水害記念アルバムを作るのだと云つて、天気さへ好ければ毎日半ヅボンを穿いてライカを提げながらそこらぢゆうを視て廻つてゐるらしく、（…）（中―十一）

板倉にかかわる記述から、一瞬の表情や情景を捉えることができるライカの特性を谷崎が知っていたことがわかる。それなら、なぜ貞之助にはスナップショットではなく、「静止させたポーズ」の写真を撮らせたのか。

4

夫婦で奈良に泊りがけで行ったとき、幸子は、「ライカを持ち歩いてゐる貞之助のために五六回も木の下に立つてポーズしたりした（…）」（下―二十五）というからポーズした人物を撮るのは貞之助の好みといえよう。(11) 一方、貞之助は、毎年、同じ構図の写真を撮ってもいる。彼がそうするのは、次のようなことがあったからである。ある年の春のこと、広沢の池のほとりで、「写真機を持つた一人の見知らぬ紳士」が撮影の許可を求めて、幸子たちを写した。数日後、送られてきた写真の中に「素晴らしいのが一枚あつた」(上―十九)。

それは此の桜の樹の下に、幸子と悦子とが彳みながら池の面に見入つてゐる後姿を、さゞ波立つた水を背景に撮つたもので、何気なく眺めてゐる母子の恍惚とした様子、悦子の友禅の袂の模様に散りかゝる花の風情までが、逝く春を詠歎する心持を工まずに現はしてゐた。

ついで、「以来彼女たちは、花時になるときつと此の池のほとりへ来、此の桜の樹の下に立つて水の面をみつめることを忘れず、且その姿を写真に撮ることを怠らないのであつた(…)」と述べられている。平安神宮でも「いつも写す所では必ず写して行くのであつた」と述べられている。ここには幸子の意向が働いている。貞之助は変化を求める。

鯛でも明石鯛でなければ旨がらない幸子は、花も京都の花でなければ見たやうな気がしないのであつた。去年の春は貞之助がそれに反対を唱へ、たまには場所を変へようと云ひ出して、錦帯橋まで出かけて行つたが、帰つて来てから、幸子は何か忘れ物をしたやうで、今年ばかりは春らしい春に遇はないで過ぎてしまふやうな心地がし、(…)

「昔の人の花を待ち、花を惜しむ心が、決してたゞの言葉の上の「風流がり」ではないことが、わが身に沁みて分るやうになつた」幸子は、広沢の池のほとりで、「池に沿うた道端の垣根の中に、見事な椿の樹があつて毎年真紅の花をつけることを覚えてゐて、必ずその垣根のもとへも立ち寄るのであつた」。

ときはたえず過ぎ去っていく。幸子は未婚の妹たち、雪子と妙子の行く末をたえず案じ、婚期ということを意識せずにはいられない。

幸子一人は、来年自分が再び此の花の下に立つ頃には、恐らく雪子はもう嫁に行つてゐるのではあるまいか、花の盛りは廻つて来るけれども、雪子の盛りは今年が最後ではあるまいかと思ひ、自分としては淋しいけれども、雪子のためには何卒さうであつてくれますやうにと願ふ。

幸子の願いはかなえられずに、ときは過ぎていく。幸子は、ときの流れをくい止めようとするかのように「前の年には何処でどんなことをしたかをよく覚えてゐて、ごくつまらない些細なことでも、その場所へ来ると思ひ出してはその通りに」するし、同じ構図の写真を貞之助に撮らせるのである。もちろん、構図は同じであっても、ときが経てば人物に変化が生じる。「悦子は、去年の花見に着た衣裳が今年は小さくなつてゐる」と述べられているとおりである。しかし、幸子は同じ構図の写真からそのような変化を読みとろうとはしないだろう。

一枚の写真にはさまざまなものが写されている。木村伊兵衛が自分の撮った写真について述べていたように、撮影者が意識しなかったものまで写っている。ひとは一枚の写真に写っているものをすべて読みとるわけではない。名取洋之助は次のように述べている。

写真は文字にくらべるとあいまいな記号です。一枚の写真はいろいろに読むことができる。読む人の経験、感情、興味によって、同じ写真でも、解釈が違い、受けとりかたに差がある。

ロラン・バルトは、「ジェームズ・ヴァン・ダー・ジーによって一九二六年に撮影されたアメリカの黒人一家」の写真を取りあげ、次のように述べている[12]。

それが語っているのは、体面を保つこと、家族主義、順応主義、晴れ着を着てかしこまっていること、白人の持物で身を飾るための社会的上昇の努力（素朴であるだけに感動的な努力）である。その光景は私の関心を引く。

バルトは、写真を読む人にこのような関心を生じさせる写真の構成要素をストゥディウムと名づける。ストゥディウムとは、「あるものに心を傾けること、ある人に対する好み、ある種の一般的な思い入れを意味する。」という。一方、写真を構成するもう一つの要素、「ストゥディウムを破壊（または分断）しにやって来るもの」、「写真の場面から矢のように発し、私を刺し貫きにやって来る」ものをプンクトゥムと名づける。プンクトゥムとは、「刺し傷、小さな穴、小さな斑点、小さな裂け目のことでもあり――しかもまた、骰子の一振りのこと」であるという。先の黒人一家の写真のプンクトゥムについて、バルトは次のように述べている。

私を突き刺すのは、言うも奇妙なことであるが、妹（または娘）の豊かな腰――おお、黒人の乳母よ――と、小学生のようにうしろで組んでいる手と、そしてとりわけ、ベルト付きの靴である（…）。

バルトは、「ストゥディウムの存在を認めるということは、必然的に写真家の意図に出会い、それと協調し、それに賛成したり反対したりするということであるが」、プンクトゥムは「意図的なもの」ではなく、「その効果は切れ味がよいのだが、しかしそれが達しているのは、私の心の漠とした地帯」であり、「その位置を突きとめることは」できないと述べている。しかし、バルト自身、こうした観点から写真を分析することを放棄したように、結局のところ、「ストゥディウム」と「プンクトゥム」を弁別する確固とした判断基準などないのではないか。「読む人の経験、感情、興味によって（…）受けとりかたに差がある。」ということになるだろう。

5

「細雪」でまず話題になる写真は見合い写真である（上―一）。見合い写真から読み取った相手に対するイメージが、本人に実際会ってみたら違っていたということが述べられている。

（…）瀬越は、貞之助や幸子達が大体写真で想像してゐたやうな人柄で、たゞ写真よりは実物の方が若く、漸く三十七八位にしか見えなかつた。（上―十）

幸子が案じてゐた通り、写真以上に老人臭い、ぢゞむさい容貌をしてゐる。第一に写真では分からなかつたけれども、髪の毛が、禿げてはゐないが、半分以上白髪で、一面に薄く、（…）（上―二十八）

幸子は写真に写っているすべてを読み取っているのではない。自分の興味や関心に応じて読み取っているのである。

写真を読む人は、ときには自分でも思いがけない感情を写真によってひき起こされることがある。バルトがいうように「写真の場面から矢のように発し、私を刺し貫きにやって来る」のである。大雨が降りつづき河川が氾濫した日のことである。朝、出かけたまま消息のわからない妙子の安否を確かめに貞之助が出かける。いつまでたっても二人とも戻ってこない。居たたまらなくなった幸子は二階の妙子の部屋に行き、妙子の舞い姿を写した写真を眺める。

幸子は今見ると、あの日妙子の何気なしに云つたことや、したこと、――ちよつとした動作や眼づかひなど迄が、妙にはつきりと憶い出せて来るのであつた。（中―七）

幸子は舞の会の当日のことを思いめぐらし、「その時の感激が今また此の写真に対して沸き上つて来るのであつた」。幸子は、「心も遠き夜半の鐘」のあとの合いの手のところの姿を写した写真が気に入っている。年令相応の女性らしさを表わしているからだという。ここまでは写真を読む場合によくある反応で、それが撮影されたときのさまざまなことを思い出しているのであるが、幸子は自分でも思いもしなかった考えにとりつかれる。

今から思ふとちやうど一箇月前に、あの妹がこんな殊勝な格好をしてこんな写真を撮つたと云ふことが、何だか偶然ではないやうな、不吉な予感もするのであつた。（…）此の妹がいつかはかう云ふ装ひを凝らして嫁に行く光景を見たいと願つてゐたことも空しくなつて、此の写真の姿が最後の盛装になつたのであらうか。

写真に写っているのは、かつて実際に存在した人物であり風景である。光学的、化学的反応が関与することによって写真には科学的な確実性が保証される。十九世紀後半、アメリカやイギリスで人々が心霊の存在を信じたのは、心霊が写真に写ったからである。妙子が生きているのかどうか明らかでない状況のもとでは、そうした写真の確実性が、現在における妙子の不在感を強めることになった。幸子はその不在感にあおられて、妙子はもはや存在しないと思い込んでしまったのである。

写真が「事実」を記録したものであることにまちがいはないが、それを読む人が誰でも同じ「事実」を認識するわけではない。「読む人の経験、感情、興味」に応じて写真は異なる現れようを示すのである。「細雪」は最新のカメラであるライカの特性を生かしたスナップショットを作中に取り上げているばかりでなく、写真を読むことに関わる問題にも言及しているのである。

注

（1）「細雪」の発表は次のとおりである。
『中央公論』一九四三年一月、三月
『細雪』上巻（私家版）一九四四年七月
『細雪』上巻　中央公論社　一九四六年六月
『細雪』中巻　中央公論社　一九四七年二月
『細雪』下巻『婦人公論』一九四七年三月～四八年十月
中央公論社　一九四八年十二月
本稿では上巻は私家版を用い、中巻、下巻は『谷崎潤一郎全集』第十五巻（中央公論社　一九七〇年一月）を用いた。漢字は現行の字体に改めた。

（2）「私の写真生活」（『木村伊兵衛傑作写真集』朝日新聞社　一九五四年）。木村伊兵衛『僕とライカ』（朝日新聞社　二〇〇三年五月）所収。以下、木村の文章は同書による。

（3）田中長徳氏『使うバルナックライカ』（双葉社　一九九九年五月）

（4）「「ライカ」という〝近代〟」（『みすず』二〇〇一年十二月）。『小津安二郎のほうへ』（みすず書房　二〇〇二年六月）所収。

（5）「谷崎と写真」（『日本文芸研究』五十三―二　二〇〇一年九月）。石野氏は「細雪」に関しては、「『細雪』の有名なシーン――美しい姉妹たちの毎年恒例の花見――は、桜の下に春の妖精と見まごう彼女たちが例年と変わらず並んで記念撮影するとき、最高潮に達した。」と述べている。

（6）「文芸テクストにあらわれた写真的感受性」（『日本文学』二〇〇三年六月）
（7）「「痴人の愛」のテクスチュアリテ」（『人文学報』（東京都立大学人文学部）第二八二号　一九九七年三月）
（8）「作品鑑賞のために」（『木村伊兵衛読本』　一九五六年八月）
（9）名取洋之助『写真の読みかた』（岩波新書　一九六三年十一月）の引用による。
（10）「セレンディピティとわたしの方法」（『現代日本文化論』第七巻　岩波書店　一九九七年）。『予兆としての写真』（岩波書店　二〇〇〇年十二月）所収。港氏は、「狩人が弓矢や槍で動物を狙ったときの身体感覚が、小型カメラを持ってスナップショットを行うときの感覚に似ていると感じることは、それほど困難ではないだろう。」と述べている。杉山の「狙いうちのごとく撃つ」という感想と奇しくも合致している。
（11）「細雪」上巻第七章には、「貞之助は、去年此の姉妹に悦子を連れて錦帯橋へ花見に行つた時、三人を橋の上に列べて写真を撮つたことがあつて、（…）」と述べられている。
（12）『明るい部屋』（花輪光氏訳　みすず書房　一九八五年六月）

田辺聖子の戦争と文学

1

田辺聖子の文学活動は長期にわたる。淀之水高等女学校に在学していた一九四二年（田辺は十四才であった）に回覧雑誌『少女草』（田辺が編集し、表紙の絵も描いた）に作品を発表したのは別にしても、菅聡子氏の「年譜　田辺聖子で読む昭和史」（『田辺聖子全集』別巻1　集英社　二〇〇六年八月。以下、「年譜」と称する）には一九四九年（田辺は二十一才であった）に「小説の習作を始める。」と記されている。一九五八年十一月には『婦人生活』に連載した「花狩」を単行本（東都書房）として刊行している。しかし、田辺の文学活動にとって画期をなす出来事になったのは、同人雑誌『航路』第7号（一九六三年八月）に発表した「感傷旅行」で第五十回芥川賞を受賞したことであろう。「受賞後、こんどは同人雑誌仲間よりもっと広い世間が相手になった[1]」からである。それから、四十年あまりたった現在でも、田辺は現役の作家として活動している。

田辺は、また、さまざまなジャンルの作品を発表している。菅聡子氏によれば、「小説・エッセイ・古典の現代小説化・評伝等々」であり、「単行本だけでも上梓数は二百五十冊を超える」という。

こうした旺盛な文学活動に比べて、田辺に関する文学研究はまことに少なく、ようやく端緒についたところである。二〇〇六年七月に『国文学　解釈と鑑賞』の別冊として刊行された『田辺聖子』には何篇かの作品論といくつかのテーマに従った作家論が収録されている。菅聡子氏の「〈女手〉の叛逆者　田辺聖子論」（『田辺聖子全集』別巻1所収）は芥川賞受賞にいたるまでの文学活動をたどった上で、「ある意味で評価の定まった評伝や古典ものではなく、田辺の言うまさに〈ただごと小説〉を中心に扱ってみたい」という考えのもとに、田辺の長篇小説の中でも「現代もの」を詳細に分析している。田辺の文学活動を総体的にとらえようとする試みである。

本稿はそれに比べればささやかなものである。時期は芥川賞受賞以前とし、主に同人雑誌に発表された作品を取り挙げ、もっぱら大東亜戦争との関わりという観点から田辺聖子の文学を考えることとする。というのも、近年、田辺がしばしば自分の作品の成り立ちを戦争の時代と結びつけて述べているからである。例えば、一九九三年十月から『月刊Ａｓａｈｉ』に連載され（一九九四年四月から『アサヒグラフ』に連載）、一九九九年九月に上・下二冊の単行本として刊行された『ゆめはるか吉屋信子——秋灯机の上の幾山河』のはじめ「鬱金桜」で、次のように述べている。

ここで告白しておくと、私は少女時代から吉屋さんの熱烈なファンであった。私は昭和三年（一九二八）生れなので、リアルタイムで、「少女の友」（実業之日本社）に載った吉屋さんの少女小説を読むのに間に合った。しかも間もなく昭和十六年の日米開戦となり、吉屋さんの小説は掲載されなくなってしまった。

ついで、「殺伐、なんてものではない時代。／私たち少女は中原さんの絵に、吉屋さんの小説に飢えていた。」と述べている。「〈吉屋信子〉を書くことは私のかねてからの目標の一つだった。」（単行本「あとがき」）というが、足かけ六年にわたりこの作品を書き継いだのは（吉屋信子の再評価ということもあろうが）、せっかく「リアルタイムで」「吉屋さんの少女小説を読むのに間に合った」のに戦争が本格的になるにつれ少女小説の新作が読めなくなった「飢え」とも関わりがあろう。そのときの「飢え」を満たすかのように〈吉屋信子〉について書いたのである。

作家に関するフィクションを交えた評伝の第一作、『千すじの黒髪―わが愛の與謝野晶子―』（文藝春秋一九七二年二月）について、次のように述べている。(2)

われわれの少女時代から、晶子の歌は教科書に載っており、そのかみの、セーラー服の少女たちを陶酔させていた。／もちろん戦前の国語の教科書のこと、男女愛歓の恋歌などは紹介されない。清麗優婉な叙景歌ばかりであったが、晶子の歌は、戦争下のただならぬ暗雲さしそめた時代の少女たちを、異次元の美しい世界へかるがると飛翔させてゆく。

ついで、次のように述べているが、ここには、戦争が終わり、「男女愛歓の恋歌」を読むことができるようになってみると、「戦争下」で「少女の胸を甘く焦がした歌」は晶子の歌のほんの一部にすぎないことを知った、にがい覚醒の思いが伺えよう。

少女たちはまだ、晶子の歌の、身を灼くような、苦《にが》みを知らない。人の世の切なさに、にじみ出る血の味を知らない。舌にのこる、罪ふかい甘さを知らない。〈明星派〉のロマンチシズムだけが、晶子の歌のすべて、と思い、いとしむ。

田辺の多彩な文学活動からは見えにくくなっているかもしれない、田辺が文学活動の出発期にどのようなモティーフを取り挙げていたのかという問題を考えてみたい。

2

すでに、「花狩」で、大東亜戦争の時代を描いていた。田辺は、『しんこ細工の猿や雉』（文藝春秋　一九八四年四月）で「花狩」に触れ、「私は、この頃になってやっと、戦争のことを考えるようになっている。戦争と庶民のかかわりを考える。私の従兄の一人はフィリッピン戦線で戦死している」といい、次のように述べている。

ユウイチは、母の兄の長男である。（…）私は、ユウイチや、石川君の兄さんの姿を、「花狩」の中にとどめたかった。それでおカッつぁんの戦死した息子として、ユウイチを髣髴させる正太という青年を設定した。

「花狩」には第一稿と第二稿とがある。「戦死した息子」という設定がなされたのがどちらであるのかは、定かでない。「年譜」によると、一九五五年十一月に「大阪文学学校（於・大阪教育会館）へ通い始め」、一九五六年、「大阪文学学校で」「「花狩」１２０枚を書いて安立巻一に提出[3]」したという。これが第一稿である。田辺は「花狩」を『婦人生活』の懸賞小説に出した。一九五七年一月に結果が発表された。佳作入選で作品は雑誌に掲載されなかった。その年の暮れになって編集部から「花狩」を一年くらい連載したいという連絡があった。田辺は「とても百枚の「花狩」を三、四百枚もひき伸ばせない」とためらったが、原田常治社長の勧めにより、一九五八年三月から十二月まで連載する。これが第二稿である。

「花狩」は大阪・福島でメリヤス工場を営んだおタツの半生を描いている。「明治も四十年のこのころ」というから一九〇七年のことになるが、おタツは、メリヤス生地を裁断する職人の半次郎と結婚したいと思う。しかし、おタツの父は、おタツはひとり娘だから嫁にやるわけにはいかないし、半次郎だって祖父と弟を養わなければならないといって、二人の結婚に反対する。おとなしい半次郎はおタツの父に説き伏せられてあきらめようとするが、それなら二人で死のうというおタツと心中まがいの騒動を起こし、二人は世帯を持つ。こうして結ばれたおタツと半次郎の波乱に富んだ人生が描かれていくと思って読みすすむと、半次郎は結核にかかり、一九二五年ころになくなる。単行本（四百字詰の原稿用紙で五百枚くらい）の半分あまりのところである。その後は、息子の正太や、半次郎の幼なじみで写真屋を営む市助、彼の妻おるいたちとの関わりが描かれる。「蘆溝橋で日本軍と支那軍が衝突した」（一九三七年七月のことである）と百七十一ページに記され、二百五ページに「東条内閣は十二月始めに米英と戦端をひらいていた。」と記され、二百二十五ページに「終戦の詔勅を春日出の工場できいた。」と記され、残り三十ページ分で戦後の様子が描かれる。

『私の大阪八景』(文藝春秋新社 一九六五年十一月)として刊行される連作では、トキコという少女を通して戦争の時代を描いている。「民のカマド 私の大阪八景 その一 福島界隈」(『のおと』No.8 一九六一年十二月)ではトキコは小学六年生である。「にっぽんはいま戦争している(…)」というが、いつのことか記されていない。「陛下と豆の木 私の大阪八景 その二 淀川」(『大阪文学』No.9 一九六二年九月)ではトキコは女学校の四年生である。「昭和十八年」と記されている。「神々のしっぽ 私の大阪八景 その三 馬場町・教育塔」(『大阪文学』No.10 一九六三年七月)ではトキコは同じく四年生で、「昭和十九年の正月を目の前にひかえた」と記されている。「われら御楯」(『文學界』一九六五年九月。単行本収録の際、「鶴橋の闇市」という副題が付けられた)には「昭和二十年である。トキコは女子専門学校の二年生である。」と記されている。「その五 文明開化 梅田新道」は単行本に発表された。「今年の、二十一年」、トキコは女子専門学校に通っていた。次の年の「春になると(…)梅田新道の、御堂筋向きにある金物問屋へトキコは勤めた。」と記されている。田辺は、「戦争体験のにがみ――「私の大阪八景」を書いて」で次のように述べている。(4)

書いた意図は、最初の章のころはごく単純に、すぎ去った幼年時代の記憶を懐古風に書きとめよう、というものだった。(…)けれども書きすすむにつれて、追っても追っても去りやらぬ陰影が出て来て、しだいにそれは濃くなりはじめた。つまり、戦争の大いなる影である。苦い影である。

「民のカマド」ではトキコの戦争に対する態度は、「陛下と豆の木」や「われら御楯」と比べると、それほど熱をおびていない。トキコにとって問題なのは、女学校の入学試験である。

今年から、入学しけんに筆記しけんがなくなって、内申書と口頭試問と、身体検査と体操だけになったのだ。

体操の苦手なトキコは「ゆううつになる」。千人針や慰問文や慰問袋のことも記されるが、戦地は遠くにあり、直接トキコの生活に関わりはしない。同級生であったアキラと、卒業後、行き会ったときのことは、次のように述べられている。

ぱっと思いがけなくアキラに会えたことでトキコは満足だった。いつかまた会うこともあるだろう。二人とも大阪に住んでいるし、アキラが兵隊にいって死ぬのはまだまだ先だから、きっとまた会う機会はあるだろう、と思った。

「トキコはまだ、そういう機会は、人生で二度と遭遇しない貴重な瞬間であり、（…）そらだのみに一生をかけて、命を終わる場合が多いことを知らない。」と言い添えられている。

「陛下と豆の木」は、「トキコは日本臣民である。だから日ごろ、天皇陛下のためには命も要らないと思っている。」と書き出されている。「神々のしっぽ」では、修身倫理の授業で教師の話に共鳴し、「大君にすべてを捧げまつり、若き血の一切を祖国に捧げるのやな」と思ったと記されている。「われら御楯」では、動員された工場で作業を始める前に「みたみわれ、大君にすべてを捧げまつらん」という誓いを唱和させられるが、トキコ一人大声を出したことが記されている。トキコの「軍国少女」ぶりに関しては、菅聡子氏が、「〈女手〉の叛逆者」で岡野薫子の『太平洋戦争下の学校生活』を参照しながら考察している。米田佐代子氏は、「戦争の記憶と田辺聖子─戦争の時代への「痛覚」をめぐって─」(『国文学　解釈と鑑賞　別冊　田辺聖子』)で、「女の戦争責任」という観点から田辺の描いた「軍国少女」を詳しく論じている。本稿では、「花狩」と『私の大阪八景』を対比させ、それらの作品に述べられている戦争の時代を検討する。問題として取り挙げることができるのは「軍国少女」に限られない。

3

『しんこ細工の猿や雉』によると、「花狩」の原稿を読んだ足立巻一は、「天満の火事の表現はすばらしい。」とほめたという。田辺は、「明治四十二年の「キタの大火」は、新聞の綴じ込みを借りて調べたのだが、この火事の描写は、昭和二十年の空襲に遭わなければ、書けなかったにちがいない。」と述べている。[5]「花狩」では、「キタの大火」で火が燃え広がっていくさま、お夕ツや半次郎や市助たちが逃げのびるさまなどが詳しく述べられている（単行本で十六ページ分）が、「昭和二十年の空襲」のさまについてはほとんど述べられていない（月日さえ記されていない）。市助が母を疎開させ、子どもたちが出征したり動員されたりして家の中ががらんとしてきたことが述べられ、次に二行分の空白があり、「夕暮になり、火は消え、冷たい雨がふり出した。」と記される。空襲のさなかの様子は記されていない。おタツは、「似ている、何もかも見おぼえがあった。何十年もむかしの火事。」と思う。

あの天満の火事にはそうはいっても、まだなまめいた、物見だかい余裕があった。（…）だが今日の、あの爆弾と焼夷弾の雨と、急降下と、機銃掃射と、鉛筆のようにならんだ子供たちの屍体と、手と足とめったやたらにからみあった人間の肉の山。これが、こんなおそろしさが、現実にあるものだろうか。

『私の大阪八景』の「われら御楯」には、一九四五年「六月一日」（と記されている）の空襲で被害にあった大阪の町並みをたどって、トキコが学校から自宅に戻るさまが述べられている。

火の粉が停車した電車にとびうつってあっけなく、ボウボウともえた。トキコは疲れて来たのでちょっと止まって、電車をながめていた。すっかり燃えて骨になったのでまた歩き出した。

これは「花狩」の「キタの大火」の場面の、次の一節を思い起こさせる。

たちすくむおタツがありありとみたものは、ゆっくり火をふいてかしぐ、丸はだかの材木だけになった長屋で、それは次の瞬間、ぐわらりともろく火の中へ、へたりこんでしまった。

同じような描写の例を、「われら御楯」と「花狩」からそれぞれ挙げてみよう。

目がしみて咽喉はヒリヒリしてやりきれないので、とうとう手拭いを鞄から出して口をおおいながら歩いた。／熱気のために、かげろうのようなものがゆらゆらと焼けあとに立ちこめている中を、丸い大きい火花がゆらりゆらりと、人魂のように飛んでいった。

鼻も咽頭も煙に刺されて痛い。目もあけていられぬ。どうしたのだろう。目をあけても閉じてもまツかな火の舌がみえる。四方が紅蓮の壁になってしまった。

「昭和二十年の空襲」のときのことを思い起こしながら、「花狩」の「キタの大火」のさまを描いた田辺は、「昭和二十年の空襲」のさまを描けば似たような描写になることを避けようとして描かなかったのではないだろうか。「キタの大火」の描写は「われら御楯」の空襲の描写に再生されたのであろう。おタツの息子、正太の設定は「フィリッピン戦線で戦死」した従兄をもとにしたと田辺は述べていた。「陛下と豆の木」には「東京の大学へいっている従兄の新太郎兄ちゃん」がたづねてきたときのことが記されている。一人息子の新太郎が兵隊になることにトキコの母は反対するが、新太郎は志願して学徒兵になり出征する。戦後になって戦死の公報が届く。おタツも正太が出征するとき、「正太！なァ、正太。危いとこへいくのやないで。人のうしろへうしろへ廻るんやで。逃げ廻ってかえってきてや、きっと帰ってきてや！」という。おタツの願いもむなしく正太は戦死する。

茫々とした曠野を横切る名もない小川のそばの叢に正太はうつぶし、ぐちゃぐちゃの肉塊になって死んだという。誰の物やら知れたものではないような、ひとつかみのサラサラした白骨を、彼と引換にくれた。ほんとうに正太は死んだのだろうか。信じられない、この目で見、この手で死顔を撫でなければ信じられない。

一九四五年八月十五日、終戦の詔勅を聞いたとき、おタツが思い浮かべたのは正太のことだった。もう死ななくてすむ。誰もかれも、そして帰ってくる、息子たちは。もし生きているなら。――けれどもあの、正太にはおそすぎたのだ。彼はかえらない。あの可哀そうな正太は！

おタツは、娘のつれあいの知り合いのいる玉島に行かされる。そこで、おタツが思い浮かべるのは死んだ人たち、半次郎や市助のことだが、とりわけ正太に対する思いが強い。

正太も生きていたら、もう三十七八の男ざかりであろうか。火難、水難にあわずよい若い衆になったのにわけも判らぬ戦争へ連れてゆかれて死んだ。(…)若死にした正太の、短い生涯にはどんな思い出も、夢も、みのるひまさえなかったであろう。

ついで、「男の花も咲かせず、むなしく若いままに散った正太があわれで、おタツははじめて泣けた。」という一文で「花狩」は結ばれる。

4

トキコも戦死した従兄のことを思い浮かべる。

フィリッピンの沖まで運ばれながら魚雷が命中して輸送船が沈んだのだそうだ。島影を目前に見ながら、とうとう敵と戦うこともなく、死んでしまった。新太郎兄ちゃんのおばさんはそれでも、どこかに生きているのではないかと信じている。

同じくむなしく死んだ戦死者のことを取り挙げているとはいえ、「花狩」と『私の大阪八景』とでは大きなちがいがある。『私の大阪八景』では天皇の存在が重要な位置を占めるのに対し、「花狩」では天皇には触れていないのである。正太が戦死し合同慰霊祭に出席したおタツは、次のように思う。

センソーとはまあ、何だろう。大掛かりな人殺しではないのか。お国のためというけれど何のためにお国がよその国へまで出張して人殺しさせているのか分らない。

玉島で正太のことを思い浮かべたときもおタツは天皇の存在を意識していない。「お国のためだというからおタツはぐちはいわない（…）」と述べられている。「陛下と豆の木」では次のように述べられている。

陛下は日本のために戦えとおっしゃる。陛下のお名によって兵隊はよび集められた。（…）陛下のお名で戦い、陛下のために死んでいくのだ。陛下万歳。

「花狩」では、おタツがあずけられた家の老人が、「この節の社会道徳の頽廃も都会のもたらす害毒である」といい、「女は男に威張り出し、子は親に孝行せず、天子さまは愛想笑いなさる」という一節が天皇に触れているくらいである。トキコが戦死した従兄を思い浮かべるきっかけになったのは、一九四六年の正月（一日に、いわゆる天皇の人間宣言があった）に新聞に掲載された、「背広姿の天皇陛下の写真」であった。

天皇でも笑いはるのやなあ、と国民はおどろいた。人間天皇ということで、平和国家にふさわしく、小さいお孫さんをあやして、心から楽しそうに笑っていらっしゃる。

天皇の「愛想笑い」に対し、トキコは、天皇が「にっこり笑ったりなすっては困るような気持」がし、「新太郎兄ちゃんのような戦死者たちは、きっと当惑してしまうにきまっている。」と思う。

「民のカマド」では戦争のことは取り挙げているが、天皇のことには触れていない。「陛下と豆の木」では、トキコが豆の木（「ジャックと豆の木」の豆の木である）を登り、てっぺんにある宮殿で天皇に拝謁した夢から語りだされる。

（…）朽ちかけた勾欄の下にうずくまって、何分の御沙汰をまっていた。するとどこからともなく肉体をもたないもののようなすがすがしい声が大空にひびいて、／「何はともあれ、大儀、大儀」／とふしをつけて朗唱した。

ふと顔を挙げると、御簾ごしに「両陛下のお顔が提灯のように風にゆらいで」いるのがみえた。

そのお顔は風の吹くたびにふくらんだりしぼんだりしていた。そうして下半分がゆがむと美しいおヒゲが横っちょへねじれたり、片目が小さくなったりした。

この天皇の顔の記述に呼応して、「陛下と豆の木」の結びの部分には、次のような一節が記されている。

メガネの陛下のお顔がだんだん途方もなくひろがって、やがて日本の空いっぱいに黒く掩ってしまう。皆が玉砕したあと、一木一草もない国土に、そのとりとめもなくひろがったお顔だけが残る。

トキコにとって天皇は肉体を備えた存在ではない。天皇の顔が「風の吹くたびにふくらんだりしぼんだりしていた」というのは、人間の肉体のありようとは異なることを表わしていよう。一九四五年八月十五日、ラジオで終戦の詔勅を聞いたとき、トキコは、「へぇ……これが陛下のお声?」と「うなるように思った」。翌日の日記に、「陛下の大み心、拝察するだにかしこききわみである。」とか、「しかも陛下は力足らずして自責の痛恨に胸かきむしられる臣下をお責め遊ばされず」とか書きつけるが、自分自身の気持ちとしっくりしないものを感じる。「何もかもがらんどうである」。ラジオで聞いた天皇の声はトキコに天皇に肉体のあることを知らせたからである。

陛下のお声をきいてしまった。陛下は実在の陛下であって、実在でないかたでなければいけないのに、実在の方であるということがはっきり分ってしまった。何だかとりかえしのつかない痛切な悔恨のような感じである。

天皇の写真を見て、トキコが「新太郎兄ちゃんのような戦死者たち」のことを思い浮かべたことは先に触れた。『私の大阪八景』は、一九四七年六月五日、天皇が大阪に来たときのことを述べた場面で終わる。トキコは、金物問屋で働く人々と一緒に天皇の乗った自動車を迎える。

やがて彼方では汐騒のようにただ、ウワーッという声がきこえ、それは万歳万歳の嵐にかわった、(…)思わずバンザーイという声がトキコの口をついて出た。

トキコもほかの人々と同じように天皇を見て感激した。しかし、トキコのよろこびはつづかない。

トキコは陛下をほんのちょっとお見あげしてすっかり満足した。だがバンザイの声の波のずうっと遠いところで、何だか別の声がひびいてくるような気がする。そのささやきはトキコの耳にだけきこえるのかもしれない。

(陛下、待って下さい、陛下)

と、去ってゆかれるお車に追いかけている。

(陛下、置いてけぼりにしないで下さい)

「むすうの、死者の声が叫んでいる。それは目に見えない集団の声かもしれなかった。チョロ松の話にあった、川西航空の白衣を着た坊主頭のノッペラボーたちの声かもしれなかった。」という記述で『私の大阪八景』は結ばれる。

三島由紀夫の「英霊の聲」では、神おろしをすると二・二六事件で処刑された将校の霊と戦争のとき特攻で死んだ若者の霊がヨリマシにつき、自分たちの言い分を述べる。「などてすめろぎは人間《ひと》となりたまひし」という言葉が繰り返され、天皇の人間宣言を批判する。「英霊の聲」は『文芸』一九六六年六月号に発表された。『私の大阪八景』が刊行された半年余りのちのことである。三島が軍人の中でも特殊な存在を取り挙げているのに対し、田辺は、「むすうの、死者の声」、「川西航空の白衣を着た坊主頭のノッペラボーたちの声(6)」を記している。

5

『私の大阪八景』は天皇の戦争責任に焦点をあてている。この点は評価する必要がある。しかし、その一方で別の問題を含んでいる。田辺は、『田辺聖子全集』第1巻の解説で、「ことにも『私の大阪八景』は、書いた当時そのままの文章を残し、ほとんど削除改変しなかったことをいっておきたい。」と述べている。『田辺聖子全集』第1巻の浦西和彦氏の解題によると、『私の大阪八景』は一九六五年十一月に文藝春秋新社から刊行され、一九七四年十一月に角川文庫として刊行され、一九七五年四月に文藝春秋から刊行され、一九八一年十月に『田辺聖子長篇全集』1として文藝春秋から刊行され、二〇〇〇年十二月に岩波現代文庫として刊行された。『田辺聖子全集』第1巻の本文がどの刊本に基づいているのかはあきらかではないが、初刊本ではないことは確かである。『田辺聖子全集』第1巻の本文と初刊本の本文を比べると、「削除改変」を指摘できるからである。おそらく田辺は「削除改変」された刊本の本文を「書いた当時そのままの文章」だとまちがえたのだろう。

田辺は、解説で次のように述べている。

私の生家は、表口は電車通りに面した写真館だが、裏口は、大阪の町に多い路地になっており、ここは「大奥」という感じで、女ばかりいる。路地の通路から、——朝鮮人のお婆さんが、山のような荷を負って、いつも行商に来た。(…)真夏の昼下がり、〈いま外へ出たら、霍乱おこしまっせ〉と祖母は古い言葉でおしとどめ、朝鮮人のお婆さんを板敷の隅で休ませた。

ついで、「大阪の下町では庶民たちにとっては、朝鮮人は肌狎れした存在なので、こんなつきあいもあった、ということを書きとどめておきたい。」と述べている。こう書いた田辺の気持ちを疑うわけではないが、『私の大阪八景』における「削除改変」はほとんどが「朝鮮人」に関するものである。もちろん、当時の出版社の担当者の意向が働いたのであろうが、田辺が「削除改変」を承諾したことも見過ごすわけにはいかない。とはいえ、ここで田辺を批判するつもりはない。差別的な言いまわしであったにせよ、一九六〇年代前半に、戦争の時代を描いた作品で「朝鮮人」を取り挙げている点は注目すべきことと思われるので、以下、「削除改変」のさまを見ていくことにする。

「民のカマド」にはトキコの同級生として朝鮮人の「ケエ子」のことが描かれるが、『田辺聖子全集』第1巻の本文(以下、現行本文とよぶ)では「タケ子」になっている。彼女はみんなの「イジメ」にあう。トキコは体操の時間に見学で教室にケエ子と二人で残っていた。トキコはおじゃみ(お手玉)をする。校長に見つかり、あとで担任の先生に「二人とも自習してたんとちがうのか」と叱られると、トキコは「わたし、自習してました。この人、おじゃみしてはりました」と嘘をつく。ケエ子は肺炎で死ぬ。トキコはそれを聞いてショックを受ける。初刊本で、「それに、朝鮮人なんでみんなあんなにバカにしたんだろう。」と記されているのが、現行本文では、「それに、朝鮮人っていうと、なんでみんなあんなに態度を変えるのだろう。」と記されている。初刊本の「なぜ、朝鮮人っていうと、一段低い人種みたいにいうのだろう。」という一節は、現行本文では削除されている。「神々のしっぽ」で、朝礼のとき校長が、「半島のお婆さん」に親切にした女学生の話をする。それを聞いたトキコは、次のように思う。

朝鮮人にやさしくしよう。ふつうの人に親切にするのならありふれているのだから。／朝鮮人だとこっちが思ってるふうをみせてはいけないのだ、わけへだてなく、同じヤマト民族だということを、こちらのけだかい親切で悟らせなければいけないのだ。

現行本文は、次のとおりである。

朝鮮人に親切にしよう。／わけへだてなく、同じヤマト民族だということを、示さなければいけないのだ。

交差点でまごまごしている「朝鮮服の老婆」を見たトキコは声をかけるが、老婆は「朝鮮語で何やらわめき出した」。「婆さんの連れ」らしい「みるからに鮮人ふうの男」が近づいてくる。二人が去るのを見て「同じヤマト民族である、という自覚をなぜあの人々は持たぬのであろうか、とトキコは腹立たしくなった。」という。この一文は現行本文では削除されている。「われら御楯」では、終戦後、鶴橋のあたりにできた闇市の様子が記される。初刊本の「くさい。にんにく臭い。油だらけのカユくさい。」というのが、現行本文では、「にんにくと、油だらけのカユのにおいがみちみちている。」となっている。「文明開化」では、「戦争中は兵隊がいばっていたが戦後は三国人がわがもの顔に電車に乗りこむ。」という一文の「三国人」が「外国人」に改められ、「いまは三国人のほうが羽振りよろしさかいな」という一文の「三国人」が「中国人」に改められ、「ええもう、こないなったらほんまに身内は日本人だけや、毛唐もチョーセンもチャンコロもあるけえ、」という一文の「毛唐」以下は現行本文では削除されている。トキコが「天皇陛下のためには命も要らないと思っている」のが当時の大人たちの考えに影響されたことであるなら、朝鮮人を見下した言動も当時の大人たちの考えの影響であるといえよう。初刊本の言いまわしの方がそのことをよく示しているのではないだろうか。ちなみに、天皇に関する記述は「削除改変」されていない。

6

「軍国少女」というのは一面的なことばではないだろうか。トキコは、戦争の時代における男と女のちがいをつよく意識している。「民のカマド」のはじめに、次のように記されている。

にっぽんはいま戦争しているのだから、銃後の子供はとにかく体が丈夫でないとあかんのだ。大きくなったら男の子は兵隊にいくし、女の子は兵隊にいかなくてもよい（…）

「陛下と豆の木」でも、男と女のちがいは、兵隊になれるか、なれないかだと述べられている。

おととし、昭和十六年十二月八日にアメリカ・イギリスと戦争が始まってから、ますます世の中は男臭芬々として、男の組はトノサマで女の組はケライに分れてしまった。そして男でないと人間でないようにみんながいう。なぜかというと、男でないと兵隊になれないからだ。

女学校の同級生は、「そんな戦争ごっこは男の人に任しといたらええやないの」という。しかし、トキコはそうは思わない。「動員令が下ったとき、トキコは直接に戦争しているという実感が湧くようでうれしかったのだ」（「われら御楯」）。トキコにとって工場で武器の製造（それがネジであっても）に関わることは兵隊になったのと同じだからである。

女は銃をとって戦線へ出たりはできないけれども、学徒工員として職場の特攻隊になって国家に殉じなければならないのだと思うと、何だか胸がせまって来て、聖恩の無窮を感謝し奉らずにはおれぬ気持となり、（…）

戦争における男と女のちがいというモティーフは、『隼別王子の叛乱』（中央公論社　一九七七年一月）でも取り挙げられている。敵軍の包囲がきびしくなり、隼別王子の側近、雄鹿は兵士を率いて、脱出できる道を探しに行こうとする。雄鹿は、「王子は、ここに残られるがよい」というが、隼別は、「おれに手負いや女と共に居れ、というのか？　おれはよろいを着た男だぞ」といって一緒に出て行く。隼別の出発を見送った女鳥は、隼別の忠実な従者である猪熊に、「どうして男は、戦を好むの？　猪熊」とたずねる。

『隼別王子の叛乱』で隼別は弱々しい若者として描かれる。隼別は、大王にとらわれた女鳥を救出するのに失敗し、倉椅山にたて籠もる。

数日来、急に気温が下り、寒さに敏感な隼別の王子は発熱してしまった。／激しい咳をし、不機嫌に唾を吐きちらし、夕食は食べず、すこしばかりの酒を飲んで眠った。

大王の使者として隼別が自分のもとにやって来たとき、女鳥は次のように思った。

彼はりっぱな一人前の男性なのに、何となく庇護したくなるような痛々しさが感じられるのも、眼だけが武器だというような必死の視線からきているのだった。

山中を逃げているときに隼別は、「そして私も神々に辱められるべき男ではない。やがて私は運命を手に入れる。」と思う。敵軍と最後の一戦を交えるときにも、「くりかえしていうぞ。おれはよろいを着て死ぬ。スメラミコトの息子としてでなく、一個の男としてだ！」という。なぜ隼別は自分が「男」であることにこだわるのか。おそらく、隼別自身、自分の虚弱な体質が「男」にふさわしくないというように意識していたのだろう。トキコがとらわれていた、男は兵士になれるという考えが、隼別の場合にはあてはまらない。隼別は、兵士である前に、自分が「男」であることを確かめずにはいられないからである。

7

『隼別王子の叛乱』の成り立ちも大東亜戦争と関わりがある。『田辺聖子全集』第4巻（集英社　二〇〇五年六月）の解説で、田辺は次のように述べている。

（…）戦後すぐくらいの時代は、〈記・紀〉は忌まれていた。あまりに戦時中、戦意昂揚に利用されたものだから。／（…）戦時中に恣意的に悪用されすぎた『古事記』が、いとおしくてならなかった。

戦争が終わり、〈記・紀〉を読んで、その「玄妙な世界」に誘われ、いつの日か小説に書こうと思ったという。

『隼別王子の叛乱』の大サザキの大王は、かつての神格化された天皇ともちがうし、人間宣言した天皇ともちがう。肉体も欲望も備えた存在であり、統治者としての自覚も持っている。「あのながい内乱時代、私を焦燥させたものは、この国を飼い馴らす男は私しかいないという考えだった」という。

倭は四辺から掠められ、攪乱され、飢え、枯れていきつつあった。／そういうとき、愚劣な男や、怯懦な青二才に、私は、国を委ねる気にはなれなかったのだ。私は戦った。戦って平和を確保した。

隼別には大王の言うことが理解できない。「あなたの両手は血で汚れている。だからあなたの支配する国は息苦しいのだ。」とののしるばかりである。

呉羽長氏の「解題Ⅱ」（『田辺聖子全集』第4巻）によると、一九六一年三月、田辺は『のおと』No.7に「隼別王子の叛乱」という原稿用紙七十枚ほどの小説を発表した。これが現行の『隼別王子の叛乱』の「第一章　隼別王子の叛乱」のもとになったという。さらに、一九七一年三月、『小説サンデー毎日』に五十枚の「風わたる高楼」という小説を発表した。これが現行の『隼別王子の叛乱』の「第二章　冥界を翔ぶ白鳥《くぐい》」のもとになったという。呉羽氏は、「「風わたる高楼」では、筒木の宮に籠もる老いた磐之媛の昔語りとして、大鷦鷯の大王との愛憎入り交じる夫婦の関係が辿られている。」と述べている。『しんこ細工の猿や雉』で田辺が「私は「古事記」に材をとった小説を書きたいのだが、プロットや主人公のイメージより先に、文体とめぐりあえないでいるのだ。」と述べている一節を引用し、呉羽氏は、「こうした古代ロマンにふさわしいスタイルを紡ぎ出す努力が、「墨刑」を経て「のおと」版「隼別王子の叛乱」に一つの結実を見る。」と指摘している。たしかに文体の問題があったであろうが、大サザキの大王の「イメージ」が一九六一年の時点では定まっていなかったと思われる。『のおと』No.8から連載される『私の大阪八景』では、天皇が神であると信じていたトキコが、天皇の人間宣言にとまどうさまが描かれていたのである。

女鳥を隼別から引き離し自分のものにすることができなかった大サザキの大王は、女鳥の妹、矢田の郎女を自分のもとに呼び寄せる。大王は、「女鹿」と彼女の名を呼び、「この名は呼びにくい。お前を、女鳥と呼ばせてくれぬだろうか」という。郎女は、「その不吉なまがまがしい名を、大王さえお厭いなくば。(…)わたくしは、女鹿と呼ばれても、女鳥と呼ばれても、おなじようにひびきます。」と答える。しかし、女鹿は女鳥とちがう。女鹿は、幼いころから、「大鷲の爪につかまれて翔りつづけ(…)物忘れ川の早い川の流れに、(…)手首を切られた父や、髪の毛を縛って木に吊るされた母」が流されていく悪夢に悩まされてきたが、大王がその夢を消してくれ、安らぎをもたらしてくれたという。

わたくしはいま、生まれてはじめて、幸せです。わたくしは大王を愛しています。でも、わたくしたちは、妹背ではありません。あなたは、わたくしの父でもあるし、兄でもあり、夫でもあり、恋人でもあり、神でもあるのですもの。

大王は欲しいものは何でも与えるという。「さしあったては何が欲しい。高麗の綾絹か。斑ら瑠璃の腕輪か。青銅鏡なら、何百枚も、倉に眠っている。黄金の沓を作らせようか。」というと、郎女は、「では、お水を頂かせて下さい」と答える。かつて大王は女鳥に宮殿の中にある珍しいものを見せた。「異国からもたらされた白孔雀」を見ると、女鳥は手をうって、「まあ……美しい。なんと長い尾でしょう」と叫び、孔雀が羽を拡げるのを「息をつめて見ていた」。噴水のほとばしるさまに、「ああっ」といったきり、大王に倒れかかり「口も利けずに、目を丸くして噴水を見ていた」という。大王が、「白孔雀や噴水を、お前のためだけの、小さな宮に贈ってやろう」というと、女鳥は、「わたくしは、それを隼別と見るのでなければいやです。あのひとに見せて、あのひとが喜ぶのでなければ」と答える。女鳥は、白孔雀や噴水自体を否定しているわけではない。一方、郎女は、貴重な品々を欲しいだけ与えるという大王のことばに動かされない。大王さえいればよいのである。マザーコンプレックスの若者、住ノ江の存在など気にもとめていない。

『古事記』では、女鳥王が、「ひばりは天《あめ》に翔ける　高行くや速総別　さざき取らさね」と歌い、叛乱をすすめたと記されている。田辺はこれに従わないで、雄鹿が叛乱をすすめたことにしている。『隼別王子の叛乱』では、大王の宮殿から脱出してきた女鳥が、「二人きりで逃げましょう」というと、隼別は「困惑したようにたちすくんで」いた。女鳥は逃げることを断念する。「どうして男は、戦を好むの?」と猪熊に聞いた女鳥は、ついで「どうして女は恋に憧れるの、というのと、同じような質問かしら?それは」という。毒矢に当たった隼別が死ぬと、女鳥は自害する。女鳥にとって隼別のいない人生は考えられないといえよう。

『古事記』では、のちに豊楽《とよのあかり》の宴を開いたとき、大楯連の妻のはめている玉釧が女鳥王のものを死体から奪い取ったものだと見抜いたのは、「大后石之日女命」だったと記されている。(7)『隼別王子の叛乱』では、雨乞いの儀式のときに、矢田の郎女が、「あの珠は、見おぼえがあります」という。しかも、大后がいくら祈っても雨は降らなかったのに、郎女が、「神よ、この真珠《しらたま》は、天に捧げるために海へ返します」というと、「雷鳴がとどろいて、空は曇り、地面に穴を穿つように雨が降り出した」。郎女は、大后よりもすぐれた霊能力を持っているというわけである。(8)

『隼別王子の叛乱』で、神格化された天皇でも人間宣言した天皇でもなく、肉体も欲望も備えた存在として、大サザキの大王を描いたことと、いわば表裏の関係で、隼別に従う女鳥とは異なる生き方を選んだ郎女を描いたといえよう。そのことを明確にするためには田辺の現代小説で女性がどのように描かれているかを検証する必要があるだろう。ここでは、おおざっぱな見取り図を示しておきたい。

「感傷旅行」と「ジョゼと虎と魚たち」(『月刊カドカワ』一九八四年六月)とは、男が年上の女性の世話をやくという設定が共通している。「感傷旅行」では、二十二歳のヒロシは、ときには迷惑に思うこともあるが、十五歳年上の有以子のいうがままになっている。「ジョゼと虎と魚たち」では、恒夫は二歳年上のジョゼの面倒を見る。しかし、「感傷旅行」は「ぼく」という一人称の語りを用いているので、有以子が実際にはどう思っているのかは明らかでない。「いつか、ぼくらがほんとうに旅に出ることがあるだろうか?(…)その愛の王国への旅程は、こんなふうにむなしくもとの地点へ、ふたたび帰ってくることは、けっして、ない。」という結びの一節も、ヒロシの自分勝手な思いにすぎない。しかし、「それまでに彼女はずいぶん、数々の恋愛(もしくは男)を経てきており、ぼくらのなかまではマトモに扱うものもないくらいだった。」と語り始められ、ついで、電話をかけてきた有以子は、「あたしたち婚約したの、愛し合ってることがたしかめられたの」といい、「あたしはじめて会ったとき、あ、これこそ男の中の男、と思ったの」という。有以子は、女鳥と同じく、男との関係の中で生きる（結婚する）ことを望んでいる。「ジョゼと虎と魚たち」は恒夫の目線にたって語られるが、恒夫が自動車を運転して行った水族館の近くのホテルに泊まったときのことが、次のように述べられている。

魚のような恒夫とジョゼの姿に、ジョゼは深い満足のためいきを洩らす。恒夫はいつジョゼから去るか分らないが、傍にいる限りは幸福で、それでいいとジョゼは思う。そしてジョゼは幸福を考えるとき、それは死と同義語に思える。完全無欠な幸福は、死そのものだった。

ここには恒夫の思いとは異なる、ジョゼ自身の思いが述べられている。あるいは、恒夫にはこうした思いは理解できないかもしれない。有以子とジョゼとのちがいが、女鳥と郎女とのちがいに対応していよう。

注

（1）田辺聖子「挑戦の象徴・芥川賞」（『芥川賞小事典』文藝春秋　一九八三年）。ただし、「年譜」の引用による。

（2）『田辺聖子全集』第13巻（集英社　二〇〇五年四月）解説。ちなみに、単行本の「あとがき」では、「私は長らく、晶子や寛の歌を愛してきた。寛も晶子もわが内なるものとなり、わが魂の住人となって久しかった。」と述べ、戦争の時代との関わりについては触れていない。

（3）田辺は『しんこ細工の猿や雉』で「文学学校は五月四日に卒業なので、卒業制作に私は「花狩」を書いた。」と述べている。『田辺聖子全集』第5巻（集英社　二〇〇四年五月）の解説でも田辺は「卒業制作に「花狩」という百二十枚の記録文学風の作品を提出した。」と述べている。ちなみに、「花狩」はこの全集には収録されていない。

（4）『神戸新聞』一九六五年十二月六日。ただし、『田辺聖子全集』第1巻（集英社　二〇〇四年九月）の浦西和彦氏の「解題」の引用による。『しんこ細工の猿や雉』では、「小学生時代の小説が書きたくなって、思いついて出身小学校へいってみた。」と述べている。

（5）『しんこ細工の猿や雉』には、「明治四十二年七月三十一日の夜あけ方、空心町から出た火は、まる一昼夜と二時間、延々と燃えに燃えつづけて北大阪一帯を焼亡しつくした。」と述べられている。『年表　日本歴史』6（筑摩書房　一九九三年三月）には、「延焼三十カ町、消失一万千戸」と記されている。

（6）一九四五年八月十四日、大阪陸軍造兵廠が空襲で壊滅し多数の民間人（学生を含む）が死んだ。田辺は、『おかあさん疲れたよ』（『読売新聞』一九九一年三月～九三年五月）でこの空襲を取り挙げている。

（7）『日本書紀』では、雌鳥皇女の姉、皇后になった八田皇女《やたのひめみこ》が見とがめたと記されている。

（8）「風わたる高楼」には、このような場面はない。ただし、大王が、「お前には、女鳥が受けられなかった幸福を与えたい。この宮に住み、思うように暮すがよい。何なりと欲しいものがあればどんなものでもとり寄せよう」というと、「八田の王女」が、「お水を頂かせて下さいませ」と答える場面はある。

変容するテクスト／変容する書き手
―『回転木馬のデッド・ヒート』をめぐって―

1　「風の歌を聴け」を書く

村上春樹自身、群像新人文学賞の「受賞のことば」（『群像』一九七九年六月）で、「学校を出て以来殆んどペンを取ったこともなかったので、初めのうち文章を書くのに手間取った。」と述べているように、「風の歌を聴け」を書く時点で、村上春樹は、小説を書くという問題に意識的に取り組まねばならなかったのである。当時のことを回想した「「自作を語る」台所のテーブルから生まれた小説」（『村上春樹全作品1979–1989 ①』講談社　一九九〇年五月）でも「文章を書く」ことに触れて、次のように記している。

正直に書きこもうと努力すればするほど文章が不正直になっていくことに僕は気づいた。文章を文学言語的に複雑化させ、深化させればさせるほど、そこにこめられた思いは不正確になっていくのだ。

たとえ「自分の気持ちをただただ正直に文章に置き換え」（同右）たいと書き手が望んだとしても、思いどおりになるわけではない。文章（ことば）はいわば他者として書き手の前に立ちはだかる。他者である文章に対して村上春樹がとった戦略は、次のように記されている。

シンプルな言葉を重ねることによって、シンプルな文章を作り、シンプルな文章を重ねることによって、結果的にシンプルではない現実を描くのだ（…）

群像新人文学賞の「選評」で、選考委員の佐々木基一は、「非常に軽い書き方だが、これはかなり意識的に作られた文体で、したがって、軽くて軽薄ならず、シャレていてキザにならずといった作品になっているところがいいと思った。」と述べ、この書き方を評価している。「風の歌を聴け」という作品世界はこの書き方に支えられて成立している。しかし、そこには問題がはらまれている。この書き方は一回限りのものであり、繰り返すと自己模倣に陥り、その効果を失う。現に、次作「一九七三年のピンボール」（『群像』一九八〇年三月）は同じく「シンプルな文章を重ねる」書き方が用いられているが、のちに村上自身、「なんとなく存在が霞んでいる」（「台所のテーブルから生まれた小説」）と認めている。

もう一つの問題は、この書き方が扱える範囲は限られているということである。選考委員の丸谷才一は、「選評」で、「カート・ヴォネガットとか、ブローティガンとか、そのへんの作風を非常に熱心に学んでゐる。」といい、「たとへ外国のお手本があるとはいへ、これだけ自在にそして巧妙にリアリズムから離れたのは、注目すべき成果と言つていいでせう。」と高く評価しながら、次のような指摘を付け加えている。

たとへばディスク・ジョッキーの男の読みあげる病気の少女の手紙は、本来ならもつと前に出て来て、そして作者はかういふ悲惨な人間の条件とまともに渡りあはなければならないはずですが、さういふ作業はこの新人の手に余ることでした。

はたして、これは新人の技量の未熟さとしてかたづけられる問題なのであろうか。丸谷は、この書き方が扱える範囲が限られていること、すなわち、「悲惨な人間の条件とまともに渡り」あおうとすればこの書き方の効果が失われることを、見落としているのではないだろうか。

2 「街の眺め」というテクスト

「風の歌を聴け」とは異なる小説の書き方を試みたのが、『回転木馬のデッド・ヒート』(一九八五年)に収録された諸篇である。これらは、もともと、『IN・POCKET』(講談社)に「街の眺め」というタイトルのもと、「短編連作」として連載された。しかし、単行本ではタイトルが改められ、雑誌に発表されたのとは異なる順に配列され、文章にも削除や加筆が数多くなされ、作品内容に微妙な違いが生じたケースもある。本稿では短編連作としての「街の眺め」を検証することによって、この時期の村上春樹の小説の書き方について考えてみたい。
初めに雑誌に掲載された順と発表年月を確認しておきたい。というのも、今井清人氏の「年譜」（『群像日本の作家26 村上春樹』小学館 一九九七年五月）では、昭和五十八年（一九八三年）「六月、「雨やどり」（「IN・POCKET」）を発表。以降同誌に翌年の十月号まで隔月で小品を掲載」という誤った記述がされているからである。『IN・POCKET』に発表された年月は次のとおりである。

「プールサイド」一九八三年十月
「雨やどり」一九八三年十二月
「タクシーに乗った男」一九八四年二月
「今は亡き王女のための」一九八四年四月
「野球場」一九八四年六月
「BMWの窓ガラスの形をした純粋な意味での消耗についての考察」（以下「BMW」と略記）一九八四年八月
「嘔吐1979」一九八四年十月
「ハンティング・ナイフ」一九八四年十二月

「プールサイド」は、「35歳になった春、彼は自分が既に人生の折りかえし点を曲がってしまったことを確認した」と書き出され、彼の感慨が述べられていく（彼の姓（名）は記されない）。五ページ目で「＊」によってそれまでの彼に関する記述が断ち切られ、「最初に断わっておきたいのだけれど、これは小説ではない。厳粛な事実とは呼びがたいかもしれないが、少なくとも小説ではない」と、書き手である「僕」のコメントが記される。あくまで彼の話を聞き取ったことを強調するように、「カフェテラスで、二度にわけて僕にこの話をした。僕はインタビューする時の常としてテープもメモもとらず、その代わりにビールを飲んでいた。彼もビールを飲んだ」と記している。

村上春樹は、「この連載のテーマは「聞き書き」だった。(…)ここに収められた作品はどれも「小説」ではない。それらはあくまで聞き書きにすぎないのだ」(「「自作を語る」補足する物語群」『村上春樹全作品1979-1989⑤』講談社 一九九一年一月)と記している。たしかに、「話をするのは誰か他の人間である。僕はその話を聞いているだけだ」(同)ということでは「聞き書き」といえるかもしれない。けれども、聞き書きと聞いてただちに思い浮かべるスタイル上の特色、すなわち、話し手の言いまわし、あるいはその特徴を再現しようとすること、聞き手は姿を現わさないことなどは、この作品には認められない。他の人間が話した内容は、「彼」、あるいは「彼女」という人称を用いて記されるし、聞き手であり書き手である「僕」は作中に姿を現わしている(このような書き方は、「納屋を焼く」(『新潮』一九八三年一月)で用いられた)。

3 短編連作のもくろみ

『IN・POCKET』に発表された順に読んでいくと、他の人間から聞いた話を書いた作品と、「僕」自身のことを書いた作品とが交互に並べられていることが分かる。

「プールサイド」、「タクシーに乗った男」、「野球場」、「嘔吐1979」は他の人間の話が主要な部分を占める。「プールサイド」に次いで発表された「雨やどり」では、性交と金に関する「僕」の考えが書き出しと結びの部分で記され、それらに枠どられた形で、たまたま雨やどりのために入った店で出会った女性（雑誌の編集者だったころ、「一度村上さんをインタビューしたんですよ」という）が、五人の男と性交し金を払わせた話が、「彼女」という人称を用いて記される。

「今は亡き王女のための」では、「僕」が二十一か二才のころ、スキーの同好会で知り合った女性のことを回想して書いている。何年か前にたまたま彼女の夫という人物に会い、二人の結婚に関わる話を「僕」は聞く。ただし、「彼女」という人称を用いた書き方ではなく、彼女の夫との会話がそのまま記される。

「ＢＭＷ」では、高校時代の同級生で、大学のキャンパスで出会ってから「なんとなくつきあうようになった」男と「僕」との現在に至る関係が記される。他の人間の話を「聞き書き」したという設定自体、用いられていない。「ハンティング・ナイフ」では、「僕」が海水浴のために泊まっているホテルで見かけた車椅子の青年と母親のことが記される。しかし、「僕」が青年と話をするのは、ホテルを引き上げる日の深夜のことである。青年は自分の身体的障害について話しはしない。母親の精神的な疾患のことや自分たちの居場所は姉夫婦が決めることなどを話す。青年との会話がそのまま記される。

村上によれば、「一編の枚数は四百字詰めで三十枚見当だった」（「補足する物語群」）という。他の人間の話が主要な部分を占める作品と、「僕」自身のことを書いた作品とを交互に並べていくことによって、「シンプルな文章」のコラージュではなく、一篇ごとにまとまりのある物語を連関させ、ひとつの作品世界を作り出そうとしたと思われる。

酒井英行氏は、「頑健な身体の持ち主である「僕」は、作品の題名に即して言えば、まさに、海〈面〉を切り裂く〈ハンティング・ナイフ〉と言う他ない」といい、「「双子の氷山みたい」に一対のブイが、〈ハンティング・ナイフ〉によって切り裂かれるべきものとして設定されていることに留意しておこう。」（「『ハンティング・ナイフ』―〈自分のナイフ〉」『村上春樹　分身との戯れ』翰林書房　二〇〇一年四月）というが、これらは、青年から手渡されたハンティング・ナイフを「僕」が振りまわす結びの場面を読んだ上での解釈であろう。もちろん、そういう解釈のありようが間違いだというつもりはないが、作品の始めから読みすすんでくると、「僕」がハンティング・ナイフを振りまわす場面に何か唐突な印象を受けることも否定しがたい。そこまでの「僕」の言動や思考には、「僕」にそうさせる要因が見出しがたいのである。

「ハンティング・ナイフ」は短編連作「街の眺め」の最後の作品であり、最初の作品である「プールサイド」と照応するモチーフが認められる。「プールサイド」には、「彼の注意深い目は自らの体をゆっくりと覆っていく宿命的な老いの影を見逃しはしなかった」と記されているのに対し、「ハンティング・ナイフ」の「僕」は、次のような感慨を抱いている。

僕は自分がもう青年期をつき抜けてしまって、既に体力的退潮のプロセスに足を踏み入れつつある人間であることに思い至らないわけにはいかなかった。

二人とも自分の肉体がもはや若くないことを自覚している。二人が共有するのはそれだけではない。「プールサイド」の彼は自分の思い描いた計画どおりに生きてきた。地位も財産も家庭も手に入れた。「結婚して二年めの春」に自分の体が学生時代とは全く変わってしまったことに気づいて、ダイエット・メニューに従い適度のランニングと水泳で減量した。自分の思い描いた計画どおりのはずだった。ところが三十五才の誕生日の翌朝、われ知らず泣いていた。「自分の中に名状しがたい把握不能の何かが潜んでいることを感じた。」という。

「BMW」の男は、金に不自由するはずのない境遇なのに金がないと言ってひとに食事をおごらせたり金を借りたりする。そのくせ、他の人間を見さげたことを言う。「僕」が借金の返済を求めるために会ったときも、近くに住む推理作家の本を読んだが、「よくあんな糞みたいなものが書けるもんだと俺はつくづく感心したな。(…)だから俺はお前の本も読まないことにしてるんだ。」という。「僕」は銀行口座の番号を書いたメモを男に渡し、来月中に振り込んでくれと頼む。心の中で思った内容がゴチック体で強調されて記されている。

そうしなければお前のマンションの駐車場まで行って、大事なお前のBMWの窓ガラスとヘッドライトをハンマーで全部残らず粉々に叩き割ってやるからな

男から入金はなかったが、「僕」はハンマーを振りまわしはしなかった。「僕は最近純粋な形での消耗というものについて考えるとき、いつもハンマーをふるってBMWの窓ガラスを一枚一枚叩き割っている自分の姿を想像してみることにしている。」という一文で作品は結ばれている。連作として読めば、「ハンティング・ナイフ」の結びの場面で「僕」がハンティング・ナイフを振りまわすのは、この一節を受けていることがわかるだろう。「プールサイド」の彼と同じように、「僕」自身、「自分の中に名状しがたい把握不能の何かが潜んでいること」を感じているのである。

4 「僕」ともう一人の自分

「僕」はハンティング・ナイフを振りまわしながら、「ふと昼間ブイの上で会った太った白い女のことを思いだした。彼女の白くむくんだ肉体が、疲弊した雲のように空中に浮かんでいるような気がした。」という。「むくんだ」とか「疲弊した」ということばからすると、何か不快なものを切り捨てようとして「ナイフを空中にすべらせた」と解されるが、「ブイの上で会った」ときには、「女の太り具合には不健康な印象はなかった。顔だちも悪くない。ただ肉がつきすぎているだけなのだ」と思っていて、悪い印象は持っていない。女の方から話しかけてきたのだから、「僕」の出ようによっては女と何らかの関係を持つこともできたかもしれない。しかし、「僕」は何もしなかった。自分の内部に抑圧した何かを女のイメージに投影して、不快なもののようにいっているのではないだろうか。

短編連作「街の眺め」において、「僕」と他の人間とは、女性との関係で対照的なありようを示している。「プールサイド」の「彼」は、「結婚生活にも何ひとつとして問題はなかった」というのに、コンサートで知り合った女性と「一ヶ月に一度か二度コンサート会場で待ちあわせ、そして寝た」。

「野球場」の「彼」は大学の同じクラブの女性をカメラの望遠レンズで覗き見る。大学で彼女が声をかけてきたとき、「彼女の乳房やら陰毛やら、彼女が毎晩寝る前にやる体操やら」、「いろんな断片がいっしょくたになって僕の頭の中に押し寄せてきました」という。「嘔吐1979」の「彼」は「友だちの恋人や奥さんと寝るという行為そのものが好きなのだ」。「彼」らは女性との関係にためらいなど覚えない。

「雨やどり」の「僕」は女性の話を聞き終えると、男たちに払わせた金額を尋ねる。ひとによって異なり、「いちばん安くて四万円かな。相手の顔を見て直感的に数字が出てくるんです」と彼女は答える。別れ際に、もし僕が金を払って寝たいと言ったら値段はいくらかと尋ねると、彼女は「三秒ばかり」考えてから「二万円」と答える。いちばん安い値段の半分である。あなたは相手にならないということであろうか。あるいは、あなたが相手なら金額など問題ではないということか。「彼女と寝ることじたいは悪くなさそうだったが、それに対して金を払うというのはちょっと妙なものだろうな」と「僕」は思う。なぜ自分はそうしなかったのかについては触れず、どこか弁解めいている。

「今は亡き王女のための」では、みんなでザコネをしたとき、「彼女」は「僕と同じひとつの毛布にくるまって」寝ていた。「彼女が」体の向きを変えたので、二人の体は向かい合わせになった。「僕のペニスは彼女の脚にぴたりとくっついていたまま硬くなりはじめていた」。が、「僕」は何もしなかった。「僕は一目見たときから、彼女が嫌いだった」という。酒井英行氏は、「「嫌い」」、「不快」を述べ立てるのは、「僕」の理性であって、「僕」の心はそれとは裏腹に「彼女」への強い好意を語ってしまっている」と指摘している（「『今は亡き王女のための』——損傷したエゴ」前掲書）。

「僕」は、女性と関係を持とうとしないことに対して弁明する。しかし、それが断定的な言いまわしであっても、どこか言い訳めいた調子がある。そうした「僕」からすると、女性との関係にこだわりを持たない「彼」らはもう一人の自分のように思えたことだろう。「僕」自身の気持ちを押しとどめる何かが、何らかの理由で機能しなくなれば、「僕」は彼らのように女性と関係を持つことになるにちがいない。「街の眺め」は、他の人間の話を書いた作品と、「僕」自身のことを書いた作品とを交互に並べていくことによって、「僕」の思いのアンビバレントなありようを描き出している。

5　「街の眺め」から『回転木馬のデッド・ヒート』へ

単行本として刊行する際、タイトルを『回転木馬のデッド・ヒート』と改め、書き下ろしの「はじめに・回転木馬のデッド・ヒート」を巻頭に掲載し、「レーダーホーゼン」「タクシーに乗った男」、「プールサイド」、「今は亡き王女のための」、「嘔吐1979」、「雨やどり」、「野球場」、「ハンティング・ナイフ」の順に変更している。村上春樹は、連作短編を解体し、個々の短編の集成という形に組み替えた。「はじめに・回転木馬のデッド・ヒート」は、「ここに収められた文章を小説と呼ぶことについて、僕にはいささかの抵抗がある。もっとはっきり言えば、これは正確な意味での小説ではない」と書き出され、それがどういう性質の文章なのかについて「僕」の考えが記される。

僕はこのような一連の文章を——仮りにスケッチと呼ぶことにしよう——最初のうちは長編にと

りかかるためのウォーミング・アップのつもりで書きはじめた。

「レーダーホーゼン」は、「僕がこの本に収められた一連のスケッチのようなものを書こうと思いたったのは、何年か前の夏のことだった」と書き出されている。これらの文章は「小説」ではなく「スケッチのようなもの」であると繰り返している。「当人に迷惑が及ばないように細部をいろいろいじったから、まったくの事実」を書いたとはいえないが、なお事実をとどめているところもあり、「スケッチ」であるというわけである。「自分の中に名状しがたい把握不能の何かが潜んでいること」を共通したモチーフとして指摘することはできても、作品相互の関連を見出すことはむずかしい。

このような改編には、『世界の終りとハードボイルド・ワンダーランド』（一九八五年）の執筆が関与している。「「自作を語る」はじめての書き下ろし小説」（『村上春樹全作品1979-1989 ④』講談社　一九九〇年十一月）によると、新潮社からかねて依頼のあった書き下ろしの長編小説の執筆を始めたのは「一九八四年の八月」で（「BMW」を書いたころと前後する）、「書き直しが完成したのが三月の始めだった」という。「まったく異なった二つの話を並行して進めて最後にひとつに」すること（この書き方は「街の眺め」の書き方から示唆されたものだろう）を思いついたのは、「書き始める直前のこと」だという。『IN・POCKET』一九八四年十二月号の「編集室から」で「小説の連作『街の眺め』」は「近々小社より単行本として刊行されます」と予告されながら、一年近くたって刊行された。『世界の終りとハードボイルド・ワンダーランド』を書き終えて、あらためて「街の眺め」の諸篇を読み返したとき、他の人間の話を書いた作品と「僕」のことを書いた作品を交互に並べて「僕」の思いのアンビバレントなありようを描くという書き方に、村上春樹は物足りなさを覚えたのが改編の理由だと思われる。

村上春樹は、『回転木馬のデッド・ヒート』に「僕」のことを書いた「ＢＭＷ」を収録せず、他の人間の話を書いた「レーダーホーゼン」を加えた。この処置によって「僕」が問題を抱えていることがあいまいになった。「レーダーホーゼン」の「彼女」は、「自分がどれほど激しく夫を憎んでいるかということをはじめて知った」というが、他人を激しく憎むというのは「ＢＭＷ」の「僕」の問題であった。

『世界の終りとハードボイルド・ワンダーランド』以降、村上春樹は何年かに一度のペースで書き下ろしの長編小説を発表するという創作活動に移行する。断片的な文章のコラージュでもなく、短編連作でもない、小説の書き方を手に入れたわけであるが、それとともに「僕」の抱える問題の追及も「街の眺め」とは異なる方向に進んでいったといえよう。

「琴のそら音」解説

【初出】

『七人』七号　一九〇五年六月。

熊本の第五高等学校教授だった漱石は、文部省からイギリス留学を命じられ、一九〇〇年九月八日横浜を出発し、十月二十八日にロンドンに到着した。『文学論』（一九〇七年）の序では「倫敦に住み暮したる二年は尤も不愉快の二年なり。余は英国紳士の間にあつて狼群に伍する一匹のむく犬の如くあはれなる生活を営みたり。」と回想している。心情的にはそうであったのかもしれないが、当時の日記などを読むとなかなか活動的だったように思われる。大英博物館に行ったり芝居見物をしたり、一九〇一年一月に死去したヴィクトリア女王の葬儀を見に行ったり、最新の遊具だった自転車に乗る練習をしたりした。

文学とは何かという問題を心理学的・社会学的に考察しようとして関連する書物を買い求め、読んでノートをとった。一九〇一年三月九日にはラングの「夢と幽霊」を読んだ。「思ひ出す事など」十七（『東京朝日新聞』一九一〇年十二月二十四日）で次のように述べている。

自白すれば、八九年前アンドリュ・ラングの書いた「夢と幽霊」といふ書物を床の中に読んだ時は、鼻の先の燈火を一時に寒く眺めた。一年程前にも「霊妙なる心力」と云ふ標題に引かされてフランマリオンといふ人の書籍を、わざ〳〵外国から取り寄せた事があつた。先頃は又オリヴー・ロッヂの「死後の生」を読んだ。／死後の生！ 名からしてが既に妙である。我々の個性が我々の死んだ後迄も残る、活動する、機会があれば、地上の人と言葉を換す。スピリチズムの研究を以て有名であつたマイエルは慥かに斯う信じて居たらしい。其マイエルに自己の著述を捧げたロッヂも同じ考への様に思はれる。つい此間出たポドモアの遺著も恐らくは同系統のものだらう。

漱石がロンドンに滞在していた世紀転換期のイギリスでは心霊現象に人々の関心が寄せられていた。霊媒による交霊会が開かれ、心霊主義の雑誌が次々に刊行された。一八八二年にはＳＰＲが設立された。右の引用文で漱石が挙げた者のうち、ラング、ロッヂ、マイエル（マイヤーズ）、ポドモアはＳＰＲの有力なメンバーだった。彼らは科学的な知識によって心霊現象を解明しようとした。「琴のそら音」の語り手「余」は「法学士」であり、「刻下の事件を有の儘に見て常識で捌いて行くより外に思慮を廻らすのは能はざるよりも寧ろ好まざる所である。」という。ところが、妻が死の直前に戦地にいる夫に姿を見せたという津田の話を聞いているうちに法学士としての自信を失い、「死ぬと云ふ事が是程人の心を動かすとは今迄つい気が付かなんだ。」と思う。津田が言及するブローアム（ブルーム）も法律家で政治家だったが、著名な霊媒ホームを訪ねている。「余」は大学でベースボール（一八七三年に移入され、一八九〇年前後に学生の間に広まった）をやり、「今日会社の帰りに池の端の西洋料理屋で海老のフライを食つた」という。まさに「一も西洋二も西洋と騒がんでもの事でげせう。」と批判される人物なのである。ちなみに、露子のかかったインフルエンザは一八九〇年二月の大流行のとき用いられるようになった名称である。それまではお染風などと呼ばれていた。

一八八六年、マイヤーズ、ポドモア、ガーニーの『生者の幻像』が出版された。オッペンハイムによると、「とりわけ著者たちは、死にゆく人々の姿が、その不幸を知るはずもない遠く離れた友人や親戚によって目撃されるという事例を重視した。」という。藤井淑禎氏は「吾輩は猫である」二（『ホトトギス』一九〇五年二月）で寒月が重病の女性の声を聞いた場面（テレパシーはマイヤーズの造語）や、『文学評論』（一九〇九年）第五編四に紹介されたデフォーの「ギール夫人の幽霊」を類似した話と挙げている。[1]上田秋成の『雨月物語』「菊花の約《ちぎり》」も約束どおり帰ってきた死者の霊を描いている。

藤井氏は、第五高等学校で教え子だった寺田寅彦と妻夏子をモデルに挙げているが、漱石自身、青年時代に死者が姿を現わすのを願ったことがある。正岡子規に宛てた一八九一年八月三日付けの手紙で漱石は身内に不幸があったと述べている。七月二十八日に兄嫁登世が死んだのだ。そもそも一度は他家の養子になった漱石は夏目家の余計者だった。登世によって初めて「家庭的な愛情」（江藤淳）を知った。漱石は登世の人格を絶賛し次のように述べている。

一片の精魂もし宇宙に存するものならば二世と契りし夫の傍か平生親しみ暮せし義弟の影に髣髴たらんかと夢中に幻影を描きここかかしこかと浮世の羇絆につながるゝ死霊を憐みうたゝ不便

の涙にむせび候

戦時において戦死した夫が家族の元に姿を現わすというのはよく聞く話であるが[2]、「琴のそら音」では出征する夫に妻が、「もし万一御留守中に病気で死ぬ様な事がありましても只は死にませんて」という。この一節を書いている漱石は登世のことを思い浮かべたのではないだろうか。

注

（1）藤井淑禎氏「〈先立つ女〉をめぐって」（「立教大学日本文学」一九七七年七月）
（2）松谷みよ子氏『現代民話考5　死の知らせ』（ちくま文庫　二〇〇三年）

「無名作家の日記」解説

菊池寛の「無名作家の日記」（『中央公論』一九一八年七月）は「日記」と題されているが日付は連続していない。九月十三日に始まり、十月一日、十一月五日、十二月二十九日、一月三十日、二月二十日、三月五日、三月十日、三月十五日、四月五日、四月十六日、五月三日、五月十五日、五月二十五日、そして結びの×月×日という具合である。それならそのときどきに記された感想を寄せ集めたものかというと、そうではない。語り手の「俺」（富井）が作家を志しながら断念するに至るという一貫したストーリーが認められる。阿部次郎の『三太郎の日記』（初版は一九一四年刊、合本は一九一八年六月刊）にならい「内面生活の最も直接な記録」という印象を与えようとしたのかも知れない。

当時の文学をめぐる情況を知る者には、その活躍が「よく話題となって居た」という山崎純一郎は谷崎潤一郎であり、山野は芥川龍之介、桑田は久米正雄、「×××」は『新思潮』、「△△△」は『中央公論』であると容易に読み解くことができよう。現に菊池自身の伝えるところでは『中央公論』の編集長滝田樗陰は原稿を読んで「その中の一人物を芥川ではないかと思い、私が芥川に対する反感を書いたのではないかと思い、心配して芥川に訊いたとの事である」という。菊池は一九一三年四月第一高等学校を退学し九月に京都帝国大学に入学した。一九一四年二月、いわゆる第三次『新思潮』が創刊された際には同人として戯曲を発表し、一九一六年二月、第四次『新思潮』の創刊にも加わり戯曲や小説を発表した。同人雑誌の同人になることができなかったあせりから山野の「罠」に引っかかったというのは事実と違う。

しかしながらすべてがフィクションだと言い切ることもできない。自分一人取り残されたという思いは菊池自身抱いたかも知れないからである。菊池は次々に作品を発表したがこれといった評価は得られなかった。一九一七年四月から十一月までの間一篇も作品を発表していない。芥川が一九一七年五月に『羅生門』を、十一月に『煙草と悪魔』を刊行したのは格別のこととしても、久米でさえ一九一八年一月に『手品師』を刊行している。

「俺」は文壇に呪縛されている。文壇があたかも実体的な組織で、そこに「登録」されれば作家として認められるように思い込んでいる。「俺」は山野たちの活動をよそ目に眺めていただけではない。京都大学教授田中博士に「夜の脅威」の原稿をあずけ、田中の紹介で文壇にデビューすることを願っていた（田中は一向に原稿を読もうとしない）。

文学世界ならぬ「文章世界」の投稿家たちの間には一種の連帯感が生まれていた。この頃、塚越享生の作品が「文章世界」に次々と掲載され、投稿家たちの期待を集めていたが、塚越は一九一七年三月に死去する。やはり投稿家だった宮崎節は『享生全集』を編集し十二月に刊行した。しかし、いまでは塚越の名は忘れられている。

菊池自身は本作についで発表した「忠直卿行状記」が評価され「文壇的地位」を確立した。

「猿の眼」解説

岡本綺堂の「猿の眼」（『苦楽』一九二五年十月）は、一九二五年三月から『苦楽』に連載された「青蛙堂鬼談」の中の一編である（雑誌に発表された順と単行本（一九二六年三月刊）の配列順とは異なる）。綺堂は新聞記者として歌舞伎の劇評を書いているうちに歌舞伎の脚本を書くようになった。一九一一年五月、市川左団次によって上演された「修禅寺物語」は好評で綺堂の名を高めた。生涯にわたり多くの脚本を書き、それらは上演され評判がよく、綺堂は近代歌舞伎の作者として代表的な存在になる。一九一七年一月から「半七捕物帳」の連載を開始した。一九三七年二月まで書きつがれたこのシリーズは、宮部みゆきに至る江戸時代のシャーロック・ホームズ物の系譜のはじめに位置する。一九二四年一月に創刊された『苦楽』に「三浦老人昔噺」を連載する。三浦老人は半七の昔なじみと設定されている。

「青蛙堂鬼談」の「青蛙堂《せいあどう》」というのは梅沢という男が自宅につけた呼称である。梅沢は弁護士だったが、今は日本橋辺の大商店の顧問をしている。若い頃から俳句が趣味だった。「半七捕物帳」や「三浦老人昔噺」は綺堂とおぼしき語り手の「わたし」が半七や三浦老人の話を書きとめたことになっているのに対し、「青蛙堂鬼談」では梅沢が開いた怪談を語る会に集まった人々の話（を「わたし」が書きとめた）ということになっている。

「半七捕物帳」では犯罪にからんだ話という制約があるので、より多彩な話を書きたくて「三浦老人昔噺」、「青蛙堂鬼談」と書きついだと思われる。「青蛙堂鬼談」では怪異の色合いが一層深まる。「半七捕物帳」の第一作「お文の魂」では旗本の奥方の枕元に髪も着物もびしょ濡れな若い女の幽霊が現われる。半七はそれが奥方の気の迷いであり、なぜそのような心理状態になったのかを解明する。幽霊などいなかったのである。ところが、「猿の眼」では猿の面がなぜタタリをなすのか明らかでない。のみならず、父は、井田が泊まったときも母がうなされたときも猿の目が光ったのを見たにもかかわらず、父の身には何も起こらない。すでに指摘されているように、ここには江戸から明治へ変わっていく時代を生きた人々の心情が託されている。語り手の女が「五月のなかばで、新暦でも日中はよほど夏らしくなってまいりました。」というように旧暦と新暦という二つの暦に従っている。それは一人の人間が二つの時代を生きたことを示していよう。仮面を売った男は武士であったが、明治になって職を失い窮迫した。男がつれていた子供が孝平の見たときにはいなかったというのも、子どもの身に何かあったのではないかと疑わせる。

一九二三年九月一日、関東大震災が起こり明治時代に作られた町なみは焼き払われた。復興計画により幅の広い道路ができビルが建ち並び、誰も見たことのない市街が生まれた。この先どうなるのかという不安を人々は覚えたにちがいない。新たな激動の時代が始まろうとしていた。

谷崎潤一郎全作品事典から

◉「門」を評す

【初出】『新思潮』第三号（一九一〇年九月）、新書判『谷崎潤一郎全集』第十四巻（中央公論社　一九五九年七月）所収。

漱石の『門』を『それから』の続篇とみなした場合の不満を述べる。宗助とお米は貧しく、お米は病身で三人の赤子をなくしている。これほどの制裁を加えるほどの良心が世間にあろうか。因窮した生活なのに二人の関係は愛情に富んでいる。「真の恋に生きむとして峻厳なる代助の性格は、恋のさめたる女を抱いて、再びもとのやうな、或はそれよりも更に絶望的なヂレンマに陥る事がありはすまいか」と考える谷崎には、宗助とお米は作者によって都合よく作られたものであり、「緑の遠い理想」でしかない。

武者小路実篤の「「それから」に就て」（『白樺』一九一〇年四月）とともに当時の文学志望の青年にとって漱石の存在が大きかったことを示している。森岡卓司氏（『日本文学論叢』二〇〇〇年三月）は「拵へ物」をめぐる同時代の批評と対比して考察している。

◉活動写真の現在と将来

【初出】

『新小説』（一九一七年九月）、『自画像』（春陽堂　一九一九年十二月）所収。

活動写真＝映画（モノクロ、サイレントだった）の芸術としての可能性を論じ、日本の現状を批判した。演劇が一回的なもので観客も限られるのに対し、映画は繰り返し上映でき多様な社会階層の者が見ることができる。題材も時間・空間の制約を受けず写実的なものも幻想的なものも製作できる。日本では歌舞伎の模倣にとどまっている。誇張した演技をやめ、女性役には女性を用い、弁士は映画の効果を妨げない程度の説明にとどめたいなどと提言している。

大衆向けの娯楽消耗品とみなされていた映画を作家が論じたこと自体先駆的であり、貴重である。ことにクローズアップの効果を認めたことは特筆に価する（ベラ＝バラージュの『視覚的人間』より数年早い）。のち一九二〇年に谷崎は大正活映で映画の製作に携わることになる。

◉芸術一家言

【初出】

『改造』（一九二〇年四月、五月、七月、十月）、『芸術一家言』（金星堂　一九二四年十月）所収。

ヨーロッパの影響を受けて発達した日本の小説について考えてみようとして紅葉、露伴から「漱石以後」の作品まで読み返したといい、漱石の『明暗』を徹底的に批判する。同じく失敗作であっても里見弴の『恐ろしき結婚』には書かずにはいられない作者の情熱が感じられるのに、『明暗』は理智によって組み立てられた、しかも緊密さを欠いた拙劣な作品であるという。知識人が『明暗』を傑作と推賞することに反撥し、不必要なまでに心理描写をしているし、作中人物みなが議論のための議論をしていると欠点を指摘する。

日本の小説に対する問題意識は『饒舌録』などに引き継がれる一方、『春琴抄』など実作の試みを生み出すことになる。十月号掲載分末尾には「次ぎ《ママ》に、泉鏡花氏の『風流線』を挙げて見よう。」と述べられているが、実現しなかった。

◉饒舌録

【初出】

『改造』（一九二七年二月〜十月）、『大調和』（一九二七年十月、原題「東洋趣味漫談」）、『饒舌録』（改造社　一九二九年十月）所収。

初めにことわっているようにいろいろなトピックを取り上げている。以下列挙すると、事実を書いた小説は読む気がしないので歴史小説を読み中里介山の『大菩薩峠』とスタンダールの作に感心したこと、芥川龍之介に筋の面白さにとらわれていると批判されたのに対する応答、構造的美観・詩的精神に関する所見、東洋的なもののよさ、あり得たかもしれない東洋独自の発達、自殺した芥川に対する追悼、関西で暮らしていてもの足りないのは六代目菊五郎の芝居が見られないこと、人形浄瑠璃に親しむようになり人形のしぐさに魅力を覚えたこと、翻訳によって文学が理解されるか疑わしいこと、演劇は舞台上の約束事のもとに成り立っているのだから写実的であろうとするよりも俳優本位にした方がよいこと、幸田露伴の文学についての所見などである。

「話」のある小説をめぐる芥川との応酬で著名であるが、これらのトピックに底流しているのは、関東大震災後のアメリカかぶれした世相に対する異議申し立てではなかろうか。谷崎はかつてはダンスを習ったこともあるが、関西で暮らすうちにものの見方に変化が生じたと思われる。一九二七年三月には大阪の旅宿にいる芥川に会いに根津松子が訪ねてきて、谷崎も同席していた。

◉恋愛及び色情

【初出】

『婦人公論』(一九三一年四月〜六月、原題「恋愛と色情」)、『倚松庵随筆』(創元社　一九三二年四月)所収。

「西洋」と「東洋」との恋愛や性欲に対する考え方の違いを説き、日本人にとっての「永遠女性」のありようを述べる。主な内容は次のとおりである。ヨーロッパでは恋愛が文学の主要な題材であるが、中国や日本ではそうではなく、むしろ恋愛文学はおとしめられていた。ただ、平安時代の文学は異なっていて、例えば『古今著聞集』の敦兼の説話のように女性に対する崇拝を描いている。恋愛を軽んじていたせいだろうか、歴史書などでも女性に関する記録は乏しい。名前すら記されていない。『源氏物語』の末摘花のように女性はうす暗い室内に暮らしていて男性には顔かたちがよくわからない。個性の違いをきわだたせることなく永遠に一人の「女」として考えられた。「彼等は暗い中で、かすかなる声を聞き、衣の香を嗅ぎ、髪の毛に触れ、なまめかしい肌ざはりを手さぐりで感じ、而も夜が明ければ何処かへ消えてしまふところのそれらのものを、女だと思つてゐた」。

「懶惰の説」(一九三〇年)と同じく「西洋」との対比で日本人のものの見方、考え方について述べている。右に引用した一節から明らかなようにヨーロッパ近代の視覚優位主義に対する批判でもあり、「盲目物語」や「春琴抄」で目の見えない者を主人公とした発想に通底する。

◉「つゆのあとさき」を読む

【初出】

『改造』（一九三一年十一月、原題「永井荷風氏の近業について」）、『倚松庵随筆』（創元社　一九三二年四月）所収。

主な内容は次のとおりである。「東洋」には、作者の主観的な心情を現すつもりもなく、心理描写などもしないでさまざまな人物を描き分け、ある時代の世のありさまを再現する文学の系譜がある。尾崎紅葉の「二人女房」が典型的な作品であり、荷風の「つゆのあとさき」もこの系譜につらなる。そっけない書きぶりで作中人物をあたかも人形を操るように突き放して書いているが、かえってそこに銀座のカフェに出入りする人々の姿があざやかに描き出されている。それらの人物は東京によくあるタイプを写しているし、ちょっとした風景描写にも東京のローカルカラーがよく現れている。

「芸術一家言」以来の小説に対する問題意識の一つの結実であり、ここから『細雪』という四人の「姉妹とそれを取り巻く人々」を描いた小説が生まれることになる。

◉佐藤春夫に与へて過去半生を語る書

【初出】

『中央公論』（一九三一年十一月、十二月）、『倚松庵随筆』（創元社　一九三二年四月）所収。

一九三〇年八月、千代と離婚した谷崎は千代、佐藤春夫との連名で知人に挨拶状を送った。新聞などがセンセーショナルに報道した。翌三一年四月、古川丁未子と結婚し「始めてほんたうの夫婦生活」を知ったという（実際については秦恒平氏の『神と玩具との間』（六興出版　一九七七年四月）に収められた書簡に詳しい）。そこで、一九二一年、千代が佐藤と一緒になることに同意しながら谷崎が翻意したために佐藤と絶交した当時の心境、別れたあと夫婦が互いを傷つけないよう苦慮したこと、いつか小説に書くこともあろうかとノートをとっていたが震災で焼けうせたことなどを述べたのが、本作である。

谷崎が「告白」を書くことができないことを示している。佐藤と絶交する経緯については『中央公論』（一九九三年四月、六月）に水上勉の「両文豪の真面目」という文章を付して紹介された二人の書簡にナマの迫力がある。

◉私の見た大阪及び大阪人

【初出】

『中央公論』（一九三二年二月〜四月）、『倚松庵随筆』（創元社　一九三二年四月）所収。

いわば体験的大阪論であり、大阪人の気質を全面的に受け入れているわけではない。はじめの部分では宝塚の少女歌劇を例に挙げ大阪人のあくどさ、エゲツなさを述べている。つきあっていくうちに気づいた女性のよさを主に説く。声の太さにも最初は驚くが琴唄などうたうのを聞くと、東京の女性の声にはない幅や厚みや粘りのよさがわかる。生活上のさまざまな習慣を大事にし、暮らしぶりもつましい。すべてを言いつくそうとするのではなく「余情と含蓄」（『文章読本』のキーワード）を持たせた言い方をする。大阪人は文楽に自分たちの暮らしや生活感情に近いものを認めるのであろう。文楽の人形の顔は大阪人のおもざしを伝えている。以上が主な内容である。

「第二の故郷」と言い、町並みから幼いころの東京を思い出すと言い、大阪・大阪人を理解し同化しようと努めている。

◉芸談

【初出】

『改造』（一九三三年三月、四月、原題「『芸』について」）、『青春物語』（中央公論社　一九三三年八月）所収。

歌舞伎俳優が残酷なまでにきびしい修行を通して体得した芸が、近代劇や映画に出演した場合にも効果を発揮したことの見聞から、理智によってきっちり組み立てられた欧米流の「芸術」ではなく「芸」の方を尊重すべきだと説く（ウエゲナアもヤニングスも「芸」の効果を映画で示したという）。現実生活と格闘する青年の文学ではなく、年をとった者が読んで楽しむことのできる文学を待望する。吉井勇が西行にはすぐれた歌がないというのに対し、一首一首がすぐれているかどうかは問題ではなく、同じ題材をうまずたゆまず繰り返し歌に詠むことに意義があるという。

近代社会における芸術家像がかえって芸術の領域を青年向きに限ってしまったとして、アルチザン的な「芸」によってより多くの者が享受できることを望んでいる。

◉直木君の歴史小説について

【初出】

『文芸春秋』（一九三三年十一月～一九三四年一月）、『摂陽随筆』（中央公論社　一九三五年五月）所収。

歴史小説を「大衆文学」とおとしめるのはあやまりで本来歴史小説こそ文学の主流であったと説き、歴史小説の方が作家としての手腕や力量が問われ書くための準備が必要だといい、活躍の目ざましい大仏次郎や直木三十五の作品を詳しく論評する。直木は簡潔な文章とスピーディな展開がすぐれていて、ことに『南国太平記』には創作家としての才能が十分うかがえる。ただし、直木が酷評した『大菩薩峠』の方が、いつまでも記憶に残る場面があり、書かずにいられなかった作者のひたむきさが感じられる点ですぐれているという。

谷崎自身は触れていないが、『乱菊物語』や『武州公秘話』を書いた作者の弁である。私小説批判という点で谷崎と同様である小林秀雄の『私小説論』(『戦争と平和』も通俗小説にすぎないという久米正雄の発言を引く)は一九三五年に発表される。

◉陰翳礼讃

【初出】

『経済往来』(一九三三年十二月〜一九三四年一月)、『摂陽随筆』(中央公論社　一九三五年五月)所収。

日本人は「美は物体にあるのではなく、物体と物体との作り出す陰翳のあや」にあると考え、家屋や暮らしにうす暗さを取り入れその効果を享受したとしていろいろな例を挙げる。厠《かわや》(トイレ)、「容器の色と殆んど違はない液体が音もなく澱んでゐる」漆器の吸い物椀、座敷の砂壁、床の間と古色を帯びた掛軸、障子の「明るいけれども少しも眩ゆさの感じられない紙の面」、「外の光が届かなくなった暗がりの中にある金襖や金屏風」、能衣裳とそれを着た役者の襟首や手などである。次いで、能舞台の暗さは当時の住宅の暗さであり、能衣裳の柄や色合いは当時の貴族や大名の衣裳と同じであろうと考え、うす暗い舞台で演じられる文楽の人形に言及し、その人形と同じく昔の女性は襟から上と袖から先だけの存在で他の部分は闇に隠れていたと思うと言い、日本の女性の美しさは闇と切りはなせないことを述べる。肌の白さにしても実際の白さではなく闇との対比で黄色い肌を白く見せようとした。歯にはおはぐろをぬり、玉虫色に光る青い口紅をぬり「豊艶な顔から一切の血の気を奪った」。「天井から落ちかゝりさうな、高い、濃い、唯一と色の闇」が彼女を取り囲んでいる。そうした白さは実際には存在せず、ただ光と闇がかもし出す幻影かもしれないが、それならそれでよいという。

日本文化論としての当否を問うことに意味があるとは思われない。蓮實重彦氏（『國文學』一九九三年十二月）は、「これだけ陰翳について語ってしまったら、陰翳についてはもう誰も言及できないんじゃないかというような意味での紋切り型事典」であると言う。「恋愛及び色情」で触れていた「女」と「夜」との関係を、日本人の生活空間における陰翳という観点からとらえ直したともいえよう。何よりも読者を納得させてしまうように書かれた文章の力をみるべきであろう。

◉瘋癲老人日記

【初出】

『中央公論』（一九六一年十一月～一九六二年五月）、『瘋癲老人日記』（中央公論社　一九六二年五月）。

七十七歳の卯木督助のカタカナ書きの日記という体裁をとっている。六月十六日、訥昇の揚巻が見たくて新宿の劇場に行く。翌日「河庄」を見た帰り、全学連のデモを避けて銀座に出、食事する。息子の妻の颯子は自分が食いちらした鱧の梅肉を督助にすすめる。次の日颯子が欲しがっていたハンドバックの代金二万五千円を手渡す。すでに性的には無能力者であるが性的な楽しみを感じることはできるという。颯子はそれとなくさぐりを入れ反応を試している。颯子は夫のいとこの春久と遊びまわっている。夏になると、春久はときどきシャワーを浴びにきて颯子と二階ですずんでいる。それをとがめるつもりなどないと颯子に言う。颯子はシャワーを浴びているとき、足に口をつけてよいと言う。あとで血圧を測ると二百を超えていた。颯子に許されネッキングすると三百万円の猫眼石を買わされる。秋、若いころの母の夢を見る。手の痛みがひどく寝込んだとき子供のように颯子に甘えようとするが相手にされない。京都に墓所を探しに行く。颯子の足をかたどった仏足石の墓石を作ることを思いつき、颯子の足の裏に朱をこすりつけ色紙を踏ませる。翌日、颯子は無断で東京に帰る。以上が督助の日記に記されている。このあと、佐々木、勝海、五子の手記（前二者は現代表記）の抜萃があり、督助が心臓発作で入院し予後を養っていることが述べられる。

『少将滋幹の母』の国経や『鍵』の夫が性的能力の衰退を焦慮するのに対し、督助はさまざまな妄想をめぐらし、自分の葬式のさまや仏足石に踏まれる痛さを思い描くというように、死さえ快楽を満たすものに変じさせる。執筆に際し渡辺千萬子に協力を求めたことは『谷崎潤一郎＝渡辺千萬子　往復書簡』（中央公論新社　二〇〇一年二月）に詳しい。督助の日記と他の者の手記との関係について、颯子を編纂者に想定する塩崎文雄氏の説（『和光大学人文学部紀要』一九九六年三月）は一考に価する。

◉台所太平記

【初出】

『サンデー毎日』（一九六二年十月二十八日号～一九六三年三月十日号）、『台所太平記』（中央公論社　一九六三年四月）。

作家の千倉磊吉の家に初が奉公に来たのは一九三六年のことだった。初は肌が白く料理が得意で、戦争中も磊吉を満足させた。戦後、初の郷里鹿児島の泊から梅が来た。梅には発作の持病があったが結婚したら治まった。小夜は雇ってほしいと自分で頼みにきたが、磊吉の書斎の机の抽出をいじくりクビになる。節は小夜に同情し嘘をついて小夜のもとに行く。二人が同性愛者だったことがのちに知れる。駒には奇妙な癖がいろいろあったが憎めない人柄だった。百合のものおじしない態度を磊吉は気にいるが、傲慢なそぶりはひとから嫌われた。鈴は器量がよく味覚が発達していた。泊出身の銀は気がつよい。熱海のタクシーの運転手の光雄を好きになるが焼きもちをやく。鈴と銀は同じ日に結婚式を挙げた。一九六二年、磊吉の喜寿の祝いに千倉家に奉公した女性たちが集まった。

伊吹和子氏の『われよりほかに』（講談社　一九九四年二月）によると、本作の草稿の筆記は一九五九年十月に始まり翌年三月には五十五枚ほど書き上げていたが、谷崎が脳血管の発作を起こしたりしたので発表が遅れたという。落語家の口調を思わせる「です・ます」体を用いた「女中」列伝であるが、谷崎には「女中」を中心人物にした小説の構想がつとにあり、谷崎の女性に寄せる関心の広がりをうかがうことができる。

◉雪後庵夜話

【初出】

『中央公論』（一九六三年六月～九月）、『中央公論』（一九六四年一月、原題「続雪後庵夜話」）、『雪後庵夜話』（中央公論社　一九六七年十二月）所収。

まず「私の今の妻のM子」と結婚するまでのいきさつを述べる。M子には夫がいたが夫婦関係は破綻していた。M子は妹のS子やN子と一緒に暮らしていた。M子と結婚できたのは妹たちの力添えがあったからだ。M子と結婚した後、S子を迎えに行った。M子とは世間並みの夫婦になるつもりはなかった。M子たち姉妹の営む暮らしを尊重した。M子に妊娠中絶をすすめたことを明かす。次いで、批評を気にかけないこと、作品を書くのが遅いこと、老齢になり肉体の不自由なことを述べつつ、漱石、鷗外などの思い出を述べる。幼いころ母と共に見た「義経千本桜」の舞台の印象に触れ、M子たち三姉妹にひかれた源もその舞台にあるという。

九月号掲載分の末尾には現行の本文からは削除された一段があり、そこでは「最後にもう一度、第一回の話に戻るつもりであった」と述べている。一月号掲載分をM子たちへの言及で結んだことでそれなりに実現をみたわけである。M子について述べた部分から谷崎松子の『倚松庵の夢』（中央公論社　一九六七年七月）をはじめとする一連の著述が生まれたといえよう。一方、荷風の独身主義や自作の戯曲の上演などに対する感想、『蘆刈』の執筆事情の説明などからは、谷崎の作家としての態度を知ることができる。

◉おしゃべり

【初出】

『婦人公論』（一九六四年一月）、『雪後庵夜話』（中央公論社　一九六七年十二月）所収。

欧米人はまわりにほかの人がいても平気で人妻を口説く。どこまで真剣なのか冗談なのかわからない。大晦日の夜ホテルに泊まったとき、家族同士でつきあっているアレンが部屋まで送ってきて、キスしてくれと言うが拒んだ。同じホテルで知り合ったハスケルが、夫と泊っている名古屋のホテルに電話をかけてきて、一緒に見物に行かないかと誘うが断ると、一人でもよいから来てくれと言うので出かけて行くとやたらにキスをする。こんなことは好ましくないと言う。別れたあとくやしくなるが、夫はいい経験になっただろうと言う。

語り手が誰か（明示されていない）を相手に自分と外国人とのつき合いをいくらか自慢げに話している。小説の「語り」に対しさまざまな試みをしてきた谷崎が探究の手を休めなかったことが知られる。

◉七十九歳の春

【初出】

『中央公論』（一九六五年九月）、『雪後庵夜話』（中央公論社　一九六七年十二月）所収。

年をとると食欲は衰えるし、自分で思いもよらないことに涙のこぼれることがある。肉体にもさまざまな障害が生じる。何度か危ない状態になったことのある高血圧症と狭心症は落ちついてきたが、前立腺肥大が顕著になった。広津和郎に手術を勧められたがためらった。昨年十一月尿閉になった。夜間往診するのを厭わない近所の井出医師などの処置で救われたが、結局入院して治療を受けることにした。三月に退院した。平安神宮の桜が気がかりだったが無理するわけにいかない。五月に、遅ればせながら京都の春を楽しんだ。以上が主な内容である。

谷崎の死後「絶筆」として発表された。谷崎松子の「湘碧山房夏あらし」（『倚松庵の夢』）によると、谷崎は本作と「にくまれ口」とを創作にうつるまでのほんの手慣らしだと言っていたという。谷崎の意向と違い新字新仮名遣いで発表された。

安田靫彦をめぐって

安田靫彦は、一八八四年二月十六日、東京市日本橋区新葭町に生まれた。靫彦は雅号であり、本名は新三郎といい、江戸時代から続いた料亭「百尺」の四男だった。一八八六年七月二十四日生まれの谷崎潤一郎より二歳年長になるわけだが、谷崎の生まれ育った蠣殻町と新葭町とはすぐ近くであり、二人が幼いころのことを回想した文章を読むと相通じるもののあることが認められる。例えば、靫彦の「幼少の頃」（季刊『日本橋』三号（日本橋研究会 一九三五年十月）。安田靫彦『画想』（中央公論美術出版 一九八二年九月）所収）には、「蠣殻町の有馬学校へ上るまえに、あれは五つか六つの時分だったろうか、その頃人形町の大観音の裏にあった大弓場の前の池田学校と云う代用学校へ私はしばらく通った。」と述べられているが、谷崎の母方の祖父久右衛門が米相場の変動を印刷して売り出すために設けた「谷崎活版所」（潤一郎はここで生まれた）は、大観音《おほ》のすぐそばにあった。『幼少時代』（文藝春秋新社 一九五七年三月）で潤一郎は、幼いころばあやに負ぶわれて、「清正公、人形町の水天宮、大観音、牢屋の原の弘法大師」などの縁日へ行ったが、「中でも大観音は活版所と同じ町内にあったので、頑是ない時から最も馴染が深かった。」と述べている。『幼少時代』では、「小学校と云へば水天宮のうしろにある有馬学校のことしか考へてゐなかつた。」と述べているが、一八九一年に日本橋区南茅場町に引っ越したので、潤一郎が入学したのは阪本小学校だった。

靫彦は、「幼少の頃」で歌舞伎と絵双紙屋に関わる思い出を述べている。『幼少時代』は多くのページ数を費やして、幼いころに見た歌舞伎芝居の思い出について述べている。靫彦が、「舞台で観た役者の中では、子供の私は何と云っても矢張り先代の左団次が一番好きであった。」というのに対し、潤一郎は五代目尾上菊五郎の「藝の魅力」について詳しく述べている。靫彦は「絵双紙屋」の店先に吊り並べられた「役者絵、武者絵、女風俗絵」について触れ、「その時分は芝居絵が大部分を占めていて、劇場の代わり日毎に三枚続きが店頭に吊されるのを楽しみにして、学校の往き帰りなどに、よく立ち寄って眺めたものである。」と述べている。潤一郎は、日清戦争のとき「三枚続きの戦争の絵」（靫彦も言及している）が欲しくてたまらなかったが、「めつたに買つて貰ふ譯には行かないので、毎日のやうに清水屋の店の前に立つて、眼を輝かして見惚れてばかりゐた。」と述べている。もしかしたら、清水屋の店先に二人は並んで立っていたかもしれない。

一八九六年、健康状態が思わしくなかったため、靫彦は有馬小学校高等科を退学した。「創立の頃」（有馬小学校　一九六四年八月）で小学生の頃を回想し、「器械体操の鉄棒にぶら下り相撲も大好きでしたが、家へ帰るとおとなしい秀才組の相曾、谷崎、小栗、大久保君たちとの仲よしでした。」と述べている。ここで「谷崎」というのは谷崎善三郎のことであり、潤一郎の従兄である。一八九六年八月、父が亡くなったので靫彦の家族は下谷区根岸に引っ越す。「創立の頃」には、「一人離れて淋しい郊外住まいの私を慰めてくれたのは、谷崎、相曾、黒沢等府立一中へ進学した秀才たちでした。」と述べられている。靫彦の「幼少の頃」には潤一郎に言及した次のような一節がある。

日清戦争と云えば、あの戦争の最中に大通りの商店で飾り窓に清国人の生首などの造りものを飾った事があった。（…）後年谷崎潤一郎氏と何かの話し《ママ》の折にその話が出たが、氏もよくそれを知って居て、それを見に行った話をされたことがあった。

残念ながら、谷崎と話をしたのがいつのことなのかは明らかでない。『大阪毎日新聞』一九三九年二月六日の紙面には「谷崎潤一郎訳　源氏物語」の広告が掲載されている（永栄啓伸氏・山口政幸氏の労作『谷崎潤一郎書誌研究文献目録』（勉誠出版　二〇〇四年十月）には『東京日日新聞』一九三九年二月九日に掲載された広告は記しているが、この広告は記していない）。そこに掲載された靫彦の「谷崎さんと源氏」に、次のような一節がある。

谷崎さんが、日本の持つ文学作品のうちで、一番傑《えら》くまた一番好きなのは源氏物語だ、と云はれたのを聴いたのは大正の始頃だつた。氏が刺青を発表してから三、四年目で、自然主義を逐つた新文学の最先頭に立つて居られた谷崎さんからこの古典の世界的価値を教へられたのは私にとつて深い感銘だつた。

「大正の始頃」というと、靫彦は体調をくづし、静養のために鎌倉、沼津、小田原などに転居した後、一九一四年に神奈川県大磯町に居住した。一方、潤一郎は各地を転々として放浪生活を続けていた。『谷崎一郎全集』第二十六巻（中央公論社　一九八三年十一月）の郡司勝義氏の「年譜」によると、一九一三年、「五月から十一月ごろまで、小田原町在の早川村にあった旅館「かめや」」にいたということなので、あるいは、このころ、二人は会って話をしたのかもしれない。

『谷崎潤一郎全集』に収録された靫彦宛の書簡で年月の最も古いのは、一九三七年三月六日付けのものである。「御無沙汰を致しました／まだ市場へは出てをりませんが、やつと本が出来ましたから御手元へ送らせました／御蔭様でたいへんよい本が出来ました挿絵の製版、あれなら多分御気に召したことゝ存じます」と記している。「本」というのは、創元社から刊行された『盲目物語』のことであり、靫彦が装丁し、弥市を描いた靫彦の挿絵が収録されている。

靫彦宛の書簡十八通のうち、七通は『少将滋幹の母』の挿絵を描く画家の選定に関わっている。一九五〇年八月に毎日新聞社から刊行された『少将滋幹の母』のはじめに、潤一郎は次のように記している。

> 作者は最初から、新聞の時の挿絵全部をもう一度用ひて他日これを単行本にする計画であつた。それで作者は、その挿画《ママ》家の銓衡を、作者の先輩で且旧友である安田靫《ママ》彦画伯に依頼した結果、小倉遊亀氏を煩はすことになつたのであるが、小倉氏の如き逸材をかう云ふ仕事に引つ張り出すことに成功したのは一に靫彦画伯の推輓のお陰である。作者は小倉氏に感謝すると共に、小倉氏のやうな人を紹介された上、自ら此の書の装釘までも引き受けて下すった靫彦画伯の並々ならぬ友情を感謝する。

ことはこれほど簡単にすすんだわけでないことが、書簡を読むとわかる。そこには谷崎の意志、というより、オシの強さがうかがわれる。

一九四八年十一月二十一日付けの、中央公論社社長嶋中雄作宛ての書簡に、潤一郎は、「毎日の連載物は武州公続篇を止めて他の歴史物に致候既に執筆開始致候」と記しているが、「他の歴史物」というのが『少将滋幹の母』である。谷崎とは東京府立第一中学校以来の友人である土屋計左右に相談したようで、一九四九年一月二十四日付けの土屋宛てのハガキに「前田青邨氏返事も鶴首致候」と記し、二月一日付けのハガキには、次のように記している。

　画家のことに付種〻御高配難有候しかし清方さんハ平安朝の女性描写にハ適せずその他の貴下の挙げられたる印象、深水は小生皆きらひに御座候近〻安田靫彦氏を訪問ちゑを借りるつもりに候

「清方さん」は鏑木清方で、印象は堂本印象で、深水は伊東深水である。二月三日付けの靫彦宛ての書簡には、「前田青邨氏に御願致し候へ共これも失敗に終り目下途方に暮れ居候それにつき近〻一度拜趨誰か可然人を御推挙賜り度と存じ候」と記している。さらに、「山内氏ハ太田聴雨溝上游《ママ》亀中村貞以など〻いふところハ如何にやと申し居られ候」と書き添えている（溝上は小倉遊亀《おぐらゆき》の旧姓）。はじめに「長〻御無沙汰仕り」と記しているから、靫彦とは交際が途絶えていたのであろうが、自分が書く小説のためなら熱海から大磯の靫彦の家まで訪ねるというのである。このときは靫彦の体調がすぐれないので、会わなかったらしい。三月十四日付けの書簡は、「拝復／御芳書拝誦仕候此程中ハ御不

快の由承り」と書き出し、「扨かねて御高配を煩し候挿絵之件もし最初之予定通り青邨画伯の御承諾を得ばもちろんそれに越したることハ無之」と記している。青邨との交渉役も「山内氏」から「吉田幸三郎氏」に代わっている。前田青邨《せいそん》は、一八八五年岐阜県中津川町に生まれ、一九〇一年梶田半古の塾に入門し、一九〇七年靫彦や今村紫紅が結成した「紅児会」に参加した。一九〇七年の東京勧業博覧会に展示された青邨の「御輿振」について、靫彦は、「その実にうまいのに驚き、敬服した次第でした。」（「思い浮ぶままに」一九二九年十一月）と述べている。谷崎は、いよいよとなれば靫彦に青邨を説得してもらいたかったのかもしれない。

六月二十三日付けの書簡は、「拝啓／先日は御芳書難有拝見仕候」と書き出し、次のように記している。

> 偖今回ハ挿絵の事にて種〻御高配を忝うし厚く御礼申上候前田さんにハ最後まで一縷の望をつなぎ随分執拗に喰下り候へ共遂に逃げられてしまひ大に落膽仕候次に御申越之御両人のうちにてハ中村さんは小生ちよつと気に入らず候ニ付勝手なから《ママ》小倉遊亀さんの御承諾を得られ候やう御力添願はしう存候

小倉から谷崎に会いたいという連絡があり、六月二十九日付けの靫彦宛ての書簡には、「もし御尊宅に於て貴所も御一緒に拝眉を得バいつにても推参仕候」と記している。このときも靫彦とは会えなかったらしい。七月七日付けの書簡には、次のように記している。

幸に御蔭様にて去る七月三日小倉女史に面会其後毎日新聞社さしゑ之件御承諾を得たる旨同社を通じ御返事に接し欣喜仕候これも全く大兄の御斡旋に依ること丶厚く御礼申上候

このあとも靫彦は谷崎に手紙を書いたことが、九月一日付けの靫彦宛てのハガキの「御芳書難有拝誦」という記述や、一九五〇年二月五日付けのハガキの「御懇書度〻難有存じ候」という記述から知られる。谷崎は靫彦に会ってお礼を述べたいと思っていた。二月五日付けのハガキに「小倉女史と御一緒に参上致度（…）委曲拝面を期し申候」と記している。

滋賀県立近代美術館は、大津市膳所の出身である小倉の作品を収集し、「小倉遊亀コーナー」という一室を館内に設けている。同館の特別展を見に行った際立ち寄ったところ、『少将滋幹の母』の挿絵の原画が数点展示されていた。修正した跡の認められるものもあり、師の靫彦の期待に応えようとした小倉の意気込みが感じられた

「森鷗外と美術」展——近代日本における油彩画の変遷——

本展は、島根県立石見美術館（二〇〇六年七月十四日〜八月二十八日）、和歌山県立近代美術館（九月十日〜十月二十二日）、静岡県立美術館（十一月七日〜十二月十七日）で開催された。私は和歌山会場に見に行った。「森鷗外と美術展（和歌山会場）出品目録&展示替え予定」によると、出品されたのは、油彩画百十四点、水彩画十七点、デッサン十二点、日本画二十点、彫塑十六点、美術作品以外のものとして、鷗外の美学関係の著作および雑誌三十六点などで、合計三百五十三点である。これらが六つのパートに分けて展示された。前半の三つのパートは、鷗外がミュンヘンで知り合った画家の原田直次郎の作品を中軸にしている。原田擁護のおもむきのある鷗外の一八九〇年代の美術批評に関連して、当時のジャーナリストに原田とともに「旧派」と評された浅井忠、本多錦吉郎、松岡寿の絵画、「新派」と評された黒田清輝、藤島武二、長原孝太郎の絵画、同時代の日本画の新たな動きを示す狩野芳崖、橋本雅邦、下村観山の絵画などが展示された。また、東京美術学校で鷗外が行った講義を筆記したノート、鷗外と共著で『芸用解剖学　骨論之部』や『洋画手引草』（これらの著作も展示された）を刊行した久米桂一郎の東京美術学校で講義するためのノート、解剖学スケッチ、「新派」と評された久米の油彩画、デッサンなどが展示された。東京・久米美術館の「美の内景　美術解剖学の流れ　森鷗外・久米桂一郎から現代まで」展（一九九八年七月十一日〜九月十五日）では鷗外の講義を筆記したノートは一点だけ展示された。今回の展示には本保義太郎のノートと窪田喜作のノートが展示されるとともに、本保の裸体デッサン、ブロンズの半身像や窪田の油彩画も展示された。ことに本保が解剖学の知識をよく吸収したさまがうかがえる。

次のパートには、陸軍軍医だった鷗外との関連で、中丸精十郎の「松本順像」、黒田清輝の「足立寛像」、岡田三郎助の「小池正直像」など軍人の肖像画や、五姓田芳柳の「明治九年神風党暴動時刀創図」（石黒忠悳の依頼で描かれたという）や亀井茲明の『明治二十七八年戦役写真帖』（私ははじめて実物を見た。二八・五センチ×四〇センチと大判なのが意外だった）や浅井忠の日清戦争に関わる油彩画・水彩画が展示された。次のパートには、鷗外が一九〇七年に文部省美術展覧会（文展）の美術審査委員会委員になり一九一九年に帝国美術院（その美術展覧会は帝展と呼ばれた）の院長になったことに関連して、それらの展覧会に入選した画家の作品が展示された。最後のパートには、「次世代へのまなざし」ということで、有島生馬、山本鼎、木下杢太郎の作品、画家が装丁した鷗外の文学関係の著作、鷗外宛ての画家たちのハガキなどが展示された。

広い会場を見てまわり、なにしろロダンの花子の頭部のブロンズ像はともかくとして、能久親王が書いた「伴戦扶労」の四文字を切り離して貼った紙に鷗外が跋文をそえたものまであり、よくこれほど多くのものを集めたと感心する一方で、村山槐多の絵画を見たときには、正直言ってここまでやるのかと思った。槐多が鷗外の長男於菟に宛てた自筆の絵入りのハガキを見ることができたとしても、である。藤田嗣治や中村彝のように著名な画家でも、鷗外の文学の愛読者にすぎない私には鷗外とのつながりがはっきりせず、なぜ出品されているのか、とまどった（もっとも、私は美術展覧会に行くともっぱら作品ばかり見て、説明文はロクに読まないせいもあるのだが)。

展覧会全体に対してはまとまった感想を述べることはできない。しかし、本展のメインになるのが原田直次郎の作品だということはできよう。原田の油彩画が三十一点、原田が表紙の絵や挿絵を描いた雑誌が十一点、徳富蘇峰宛ての書簡一通、原田の著述である『遠近法』(未刊行。はじめ『遠近画法』と書き「画」の字を抹消した)が出品された。北九州市立美術館の「森鷗外と原田直次郎」展(一九九九年五月二十日〜三十日)に出品された原田の油彩画は十七点だった。その差は歴然としていよう。今回のカタログには「原田直次郎作品集」として「現存が確認される作品」、「刊行物で確認できる作品、雑誌や新聞の挿絵等」を図版で掲載し、制作年・作品の大きさ・所蔵先などのデータを示している。また、スケッチやデッサンが描かれている「画帳」を見開きページごとにカラー図版で掲載したり、蘇峰宛て書簡二十通を写真版で掲げ本文を翻刻したりしている。本展の主催者の力の入れようがわかる。

鷗外と原田との関わりについては、カタログ巻頭に掲載された川西由里氏の「鷗外が見た明治、大正の絵画」で具体的に述べられている。大石直記氏は、「鷗外の絵画論―原田直次郎との関連に触れて」(『国文学』二〇〇〇年七月号)で、外山正一の「日本絵画の未来」に対する反論を含んだ鷗外の一八九〇年代の美術批評を適確に論じている。芳賀徹氏の『絵画の領域』の指摘を援用して大石氏は「正に写実主義以後、神話的主題へと傾いていく一九世紀末象徴主義的神秘主義の幻想性」を鷗外は原田の「騎龍観音」に見て取ったと述べている。本展に出品されたガブリエル・フォン・マックス(原田がミュンヘン美術アカデミーで教えをうけた)の「聖女テレーゼ・メルル」や「煙を出す壺を抱く女」という油彩画を見ると、大石氏の指摘は妥当だと思われる。

外山の「日本絵画の未来」は、鷗外との関わりから原田の「騎龍観音」を罵倒したことがよく取り上げられるが、外山は西洋画だけを批判したわけではない。当時の絵画をめぐる言説がフェノロサの主張を受けて日本画を賞揚し、日本人が西洋画を描くことを批判したのとは異なるのである。外山は「顧ミテ和画者流ノ手際ヲ看ルニ、其画題ニ困シメルハ洋画者流ト全ク同一ナリ。」といい、「彼レノ如ク竜ニ乗ルノ女神ニハ非ラザルモ、鯉ニ乗ルノ女神ニ過ギザルナリ。」と揶揄した。ところで、「日本画」と「西洋画」はモチーフも絵の具などの画材も描法も全く異なるもので、両者の違いは明らかであるというのが今日の常識であろう。しかし、日本人が油彩画を描くようになった時代にはどうであったのだろうか。ということを考えたのは、京都国立近代美術館の「揺らぐ近代　日本画と洋画のはざまに」展（二〇〇七年一月十日〜二月二十五日）に大いに教えられたからである。（日ごろの主義に反し「勉強」するつもりで説明文も読んだ）。

油絵の具を用いてキャンバスに描いたのが洋画（西洋画）だという常識がみごとにくつがえされた。例えば、彭城貞徳は、白馬に乗った武士、富士山、月明の湖畔、牛に乗り笛を吹く童などを油絵の具を用いキャンバスに描き、それらを六曲一隻の貼り交ぜ屏風に仕立てた。黒田清輝の油彩画「湖畔」は、日本髪に結い浴衣を着てうちわを持つ女性というモチーフも厚塗りしない描法（図版だと水彩画のように見える）も、洋画の一般的なありようとは異なっている。「日本画」と「西洋画」との違いは必ずしも自明のことではなかったのである。ことは洋画が移入された初期の時期に限られない。結局、日本人が油絵の具を用いてキャンバスに描く場合、何を描くのかという問題にたえず取り組まなければならなかったのである。「揺らぐ近代」展で私にとって思いがけなかったのは、萬鉄五郎が日本画を描いていたことだった。萬鉄五郎といえば、フォービスム風の原色を強いタッチで厚塗りした「裸体美人」（一九一二年）やキュビスム風に球形や円筒形を組み合わせて構成した裸体を赤を基調に描いた「もたれて立つ人」（一九一七年）など、いかにも「西洋画」といった作品で知られている。その萬鉄五郎が水墨画「川辺の石垣」（一九一四年―一六年。左下に苔庵と署名し朱印をおしている）や南画風の「春夏秋冬図」四幅を描いた。また、墨で絹布に描いたのと同じ構図で油彩画で板に描き屏風仕立てにした「松島」（一九一八年）を制作した。これとは逆に、日本画家が油彩画を描いたケースとして荒木寛畝、橋本雅邦などの作品が展示されていた。速水御舟のように日本画の画材を用いて油彩画の描法に似た色彩や質感を表わそうとした画家の作品も展示されていた。このように「日本画」と「西洋画」の境界を越えて制作した画家たちの仕事を視野に入れ、あらためて「森鷗外と美術」との関わりを考える必要があると思った。「揺らぐ近代」展のカタログによると、「西洋画」、「日本画」の区別が制度として定着するきっかけになったのは文展が出品を日本画、西洋画、彫刻とすると規定したことであるという。鷗外は西洋画の審査に関わったのである。

なお、「森鷗外と美術」展には出品されていなかった原田の「騎龍観音」を「揺らぐ近代」展で見た。作品の大きさにまず驚いた。油彩の技法に習熟していたこともわかった。ただ、あまり奥行きが感じられなかった。鷗外の書いた追悼文「原田直次郎」の「原田はモニユマンタルな大作を志して居たけれど、日本には其腕を揮ふ程の壁面がない。」という一節を思い起こした。「騎龍観音」は油彩を用いているが、壁画として見るべきなのかもしれない。

露伴の翻案・翻訳

1　『水滸伝』の翻案

露伴と『水滸伝』との関わりを、「硯海水滸伝」と『国訳漢文大成』の『国訳忠義水滸全書』を取り上げて考えてみよう。

「硯海水滸伝」は「乱筆狂士」の筆名で『読売新聞』に一八九〇年八月十日から二十二日まで連載された。明治の始めから発表当時に至る近代文学の生成の様相を描いた戯文で、作中人物は「花垣呂文」とか「紅鷹山人」とかいうように仮名で記され、創作活動については、「三葉亭六迷」は「下宿屋の人間など最も詰らぬものを把へ忽ち一陣を成すに　整々森々として能く犯すものなし」というように記される。高島俊男氏が、『水滸伝と日本人』（大修館書店　一九九一年）で、「日本に入ってきた白話小説は、通常四つの段階を通って日本人に享受され影響を与える。」と述べ、列挙しているうちの「翻案」に当たる。すでに江戸時代に『水滸伝』の「翻案」が製作されたことはいうまでもなく、露伴自身、「振鷺亭のいろは酔故伝や、京伝の通気粋語伝」（「支邦文学と日本文学との交渉」『日本文学講座』新潮社　一九二六年）を挙げている。

「硯海水滸伝」で『水滸伝』との関わりが明らかな箇所は次のとおりである。第一回「天運大きに動きて／百星下界に降《くだ》る」で、晴《はれ》の家おばら（春の屋おぼろ、坪内逍遙のこと）が「アーノルドの文学書を取り出し之を読むで興に入りし頃　不思議なるかな其書の紙面より一道の神光電《いなづま》の如く烽火《のろし》の如く発して天に登りしと見る間にパチ〳〵と音して無数の小星となり　一ツはおばらの腹中に入り他の小星は八方に消え行きける」と記され、「是れ其書中に空しく閉ぢつめられたる」ヨーロッパの文学者たちだとして「シエクスピヤ」以下、十四名の名前を挙げる。また、『新日本古典文学大系明治篇　幸田露伴集』（岩波書店　二〇〇二年）の登尾豊氏の注によると、「硯海水滸伝」第七回の「単糸力弱く弧掌鳴り難し」という一節は、『水滸伝』第四十九回の「単糸不成線、弧掌豈能鳴」という一節を踏まえているという。

露伴自身は、「呂伴和尚」として登場する。『水滸伝』の花和尚魯智深を思わせる命名であるが、二人の人物像は全く異なる。魯智深は渭州の経略府に仕える軍官だったが、気が短く、よこしまな肉屋の主人を殴り殺し、賞金付きのお尋ね者になる。五台山の寺の長老の計らいで僧になった。しかし、粗暴な振舞いは改まらず、酔って他の僧たちを相手に大暴れをし、五台山にもいられなくなる。一方、「呂伴和尚」は世間のことに関心を持たず、「蝸牛の明屋」でひっそりと暮す。「菩提の道の友」の饗鶴軒（淡島寒月のこと）の家で「紅鷹山人」（尾崎紅葉）に会い、「和尚能く為すあらば我が荒久多の軍中に来ツて一根の如意を捻れ」（「荒久多」は雑誌『我楽多文庫』のこと）と勧められ、「変人形」（露伴の『風流仏』の表紙には鳥のような顔をした人形（止利仏師？）が描かれている）を書いた。作家たちの戦闘は続くが、「呂伴和尚」は戦闘に加わらない。

「硯海水滸伝」は四百字詰めの原稿用紙に換算すると三十枚余りになる。明治二十年前後の作家たちの動向（登尾氏によると事実とは確認できないことも記されているという）を『水滸伝』になぞらえて相次ぐ戦闘として描いた力量は認められよう。しかし、『水滸伝』に対する露伴独自の考えを伺うことはできない。

露伴と同じ一八六七年生まれの子規は、手稿『筆まか勢』第一編（一八八九年）で「小説の嗜好」と題して、次のように述べている。

余が郷里にありて読みし小説は馬琴の著か然らざれば水滸伝　武王軍談　岩見英雄録　佐野報義録の類なりしかば小説は皆斯くの如き者と思へり　故に曾て安長松南と共に小説を作らんと計画せしことありしが　其趣向は水滸伝の如きものにて　上野の榛名、妙義抔に山寨を構へし義賊を主人公とし　巻中は盡く戦争のみを以てみてんと思ひたりき

子規がこの計画を実行に移したのかは定かでない。しかし、当時、文学に関心を抱いた若者にとって『水滸伝』が一つの手本であったことが知られる。

2　『国訳漢文大成』をめぐって

『国訳漢文大成』の『水滸伝』の翻訳に関しては、塩谷賛が『幸田露伴　中』（中央公論社　一九六八

年）で、次のように述べている。

国民文庫刊行会と言うものができ「国訳漢文大成」の第一期二十巻を発行する計画が成った。シナに古典として遺っている経・史・子・集を訳出して行こうというのである。

塩谷の言いまわしでは、『国訳漢文大成』を刊行するために国民文庫刊行会が組織されたように解されるかもしれないが、そうではない。国立国会図書館のOPACで「国民文庫刊行会」を検索すると、一九一〇年の『出雲戯曲集』、一九一一年の『平家物語』などの刊行が最初であることが知られる。一九一四年から一九一六年にかけて『泰西名著文庫』というシリーズが刊行され、一九一五年一月には鷗外の翻訳短篇集『諸国物語』がその一冊として刊行された。日本の古典ばかりでなくヨーロッパの古典なども刊行しているのである。

もう一つ、塩谷の記述には誤りがある。OPACの検索によると、たしかに、『国訳漢文大成』経子史部が一九二〇年から刊行されているが、『水滸伝』の翻訳が含まれているのは経子史部ではなく、文学部である。神戸女子大学の図書館に『国訳漢文大成』文学部八十冊が所蔵されている（ただし、すべて再刊である）ので、これに従って『国訳漢文大成』の概要を記すことにする。

『露伴全集』第三十三巻（岩波書店　一九五五年）の後記は『国訳忠義水滸全書』は「国訳漢文大成文学部の第十八巻・第十九巻・第二十巻として刊行せられた。」と記しているが、和本仕立ての四冊を一揃いとしてボール紙製の帙に収め、その帙の上には「国訳漢文大成第　帙」と印刷されたタテ長の紙が貼られている。文学部第一帙は『楚辞』、第二帙・第三帙・第四帙は『文選』、第五帙は『唐詩選』、第六帙は『三体詩』、第七帙・第八帙は『唐宋八家文』がそれぞれ収録されている。第九帙は『西廂記』、『琵琶記』、第十帙は『還魂記』、『漢宮秋』、第十一帙は『桃花扇』、第十二帙は『漢武内伝』、『飛燕外伝』、『捜神記』、『捜神後記』、それに「唐代小説」(四十篇余りの掌編が収録されている)、第十三帙は『剪燈新話』『剪燈余話』、『宣和遺事』(『水滸伝』の種本の一つ)、第十四帙・第十五帙・第十六帙は『紅楼夢』、第十七帙は『長生殿』、『燕子箋』、そして第十八帙(一九二三年十一月初版発行)、第十九帙(一九二四年五月初版発行)、第二十帙(一九二四年十月初版発行)は『水滸伝』がそれぞれ収録されている。第一帙から順に刊行されたわけではない。詩文の中では第七帙の『唐宋八家文　上』の一九二〇年六月発行が最初であり、それ以外の作品の中では『漢武内伝』などを収録した第十二帙の一九二〇年十二月発行が最初である。

第十一帙(一九二三年十一月発行)の『桃花扇の一』の扉の次のページにはほぼ中央に「謹んで本書の完成を／故鶴田英男君の霊前に告ぐ／塩谷温」と記され、次に標題のない文が掲げられている(文末には「塩谷温　泣血頓首」と記されている)。その書き出しは次のとおりである。

戊午の春、大学内山上集会所に、斯文会の新年会の開かれし時、後藤石農学士は余に告ぐるに、国民文庫刊行会主鶴田久作氏が、支那戯曲小説の国訳刊行に意あるを以てし、之が賛成を求めければ、余は大にその挙を偉なりとし、微力を尽さんことを快諾せり。

戊午は一九一八年である。『東京大学百年史　部局史一』（東京大学出版会　一九八六年）によると、塩谷温は一八七八年、「三代に亘って史学を家学とした漢学者の家に生まれた。」という。東京大学漢学科に在籍し、森槐南講師の「唐詩・元曲・晋唐小説等の講義を聴いて啓発を受けた」。一九〇二年に卒業し、一九〇六年九月に助教授に、一九二〇年八月に教授に任用された。この間、ドイツや中国に留学し、一九一二年に帰国した。帰国後、「戯曲小説研究の分野を開拓しようと意気ごむあまり」、支那哲学支那史学支那文学第一講座担任の星野恆に叱責されたという。

さて、塩谷は鶴田と会い、大体の計画について話し合い、宮原民平、平岡龍城（この二人の名前は『東京大学百年史』にない）と分担を決めたといい、それについで、次のように述べている。

尋で幸田露伴博士が平岡氏を助けて、紅楼夢の訳文に一臂の力を藉され、又奮つて親ら水滸伝に椽大の筆を揮はるゝに至りしことは、本事業に一段の光彩を添へたるものといふべし。

露伴に依頼があったのがいつかは定かでない。塩谷贇は、「水滸伝は引受けて紅楼夢のほうはことわった。どうか名前をお貸しくださいと頼まれてできたあとで一読することだけを承知した。」と述べているが、「幸田露伴／平岡龍城」の「共訳」と記された『国訳紅楼夢上の一』（一九二一年一月発行）には露伴の「紅楼夢解題」が掲載されている。文末には「大正九年十月」と記されている。『水滸伝』と『紅楼夢』を対比して、「水滸伝は緑林豪傑の風懐を伝ふるを以て勝り、本書は紅楼佳麗の心緒を画くを以て勝る」と述べている。第十六帙に収録された『国訳紅楼夢　下の三』（一九二一年七月発行）には露伴の「補記」が掲載されているが、次のように説き起こしている。

紅楼夢八十回は、猶水滸伝七十回の如きである。七十回を好いとする者は水滸伝はこれまでと為《な》し、八十回を佳なりとする者は紅楼夢はこれまでとする。然し七十回で水滸伝の談《はなし》は尽きず、八十回で紅楼夢の話は完《まつた》くない。

3　『国訳忠義水滸全書』再考

『国訳漢文大成』の『水滸伝』の翻訳の意義はどういう点にあるのか。井波律子氏は、「幸田露伴——その生涯と中国文学」（井上章一氏との共編『幸田露伴の世界』思文閣出版　二〇〇九年）で、次のように述べている。

それにしても、露伴の白話読解力はずばぬけています。さすが、少年時代から文言・白話をとわず、漢籍を読みこなしてきた露伴ならではだというしかありません。最後に、露伴訳『水滸伝』の一節を引き、意味はともかく、その跳躍的な言葉のリズムを味わってみたいと思います。

「国訳」というのをどう考えるかということが関わるのかも知れないが、日本語の文章として意味がわかるように翻訳すると解するならば、「意味はともかく」、「むしろ音読に適した、まことに雄渾にしてダイナミックな文章です。」といってすませてよいのだろうか。

齋藤礎英氏が『幸田露伴』（講談社　二〇〇九年）で、「普通の漢文読み下し文とも異なり、到底読み通すことのできない佶屈した訳文だ。」と指摘しているのが妥当であるように思う。

井波氏は訳文を露伴が書いたもののように受け取っているが、高島俊男氏は次のように推測している。


この仕事のうち、どうしても露伴自身でなくてはできないのは「解題」と注釈である。これは当人が書いたものであることはまちがいない。しかしそのほかのこと、たとえば全文を書きくだし文に直すのはある程度機械的な作業だから、誰か助手が『標註訓訳水滸伝』あたりをみながらやって、露伴があとから手を入れたのかもしれない。


高島氏によると、『標註訓訳水滸伝』は平岡龍城の著作で、全十五冊、一九一四年十月から十六年十一月にかけて近世漢文学会から刊行されたという。「中心に原文があり、これに返り点がついている。（…）その両側に全面的についているフリカナと左訓、および上部の注釈」から成り立っている。高島氏は、「露伴の注は、こまかに見てゆくと、陶山南濤の『忠義水滸伝抄訳』と平岡龍城の『標註訓訳水滸伝』をかなり利用していることがわかる。」と述べている。これでは、ますます『国訳忠義水滸全書』の意義がわからなくなる。

露伴にとって「百二十回本」の『水滸伝』を活字化することに意義があったと思われる。『標註訓訳水滸伝』は「七十回本」をテキストにしているという。一九一八年七月に露伴が『帝国文学』（同じ号に塩谷温の「緑陰茗話（西廂記対訳）」が掲載されている）に発表した「水滸伝の批評家」で、金聖歎の「七十回本」をきびしく批判していることは、井波氏や齋藤氏が詳しく論じている。露伴によれば、金聖歎が「七十回本」をでっち上げたのは、宗江を貶め、李逵や林冲を評価する金にとって「百二十回本」では都合が悪いからである。宋江について、露伴は次のように述べている。

巻中の主人公は盗賊の大頭だが忠義の心があつて、已むを得ずして盗賊になつた。けれども心の底には忠義の心があつて、又非常に聡明な男である。（…）朝廷のために死んでしまつたといふことを書いて、人をして怫々として感激せしむるやうになつてゐる。

一九二三年二月に発表した「水滸伝雑話」（『サンデー毎日』六号）でも露伴は宗江の忠義を熱心に説いている（ちなみに、『国訳忠義水滸全書』の露伴の「解題」の文末には「大正十二年春」と記されている）。宋江は、「武術も少しは出来る」がたいして強くない、「智恵はといふと余り智恵も無く、短見ですから、助けずとも宜い女を助けて、其為に自分も自分の友の花栄も困難したりなどします。」と宋江の欠点を認めながら、「併し」といって、宋江の資質を次のように評価する。

併し宋江は謙虚にして人に下り、常に功を衆兄弟に帰して、飽《あく》まで自己を没して居り、兄弟に難儀があれば身を挺してこれを助け救はんとします。（…）自分は何一ツ出来ずとも衆を致し士を招くの道を能くすればそれが本当の人に長たる者です。で、宋江は然様いふ人に描けてゐます。

宋江の死について「其の死ぬところは実に悲壮淋漓で、それがあつてこそ水滸の大文字が活動して神霊となるに至るのである」と述べている。宋江は自分に敵対した祝家荘の村民を皆殺しにしようとしたこともあるが、露伴はそれに触れていない。露伴の『幽情記』（一九一九年）について井波氏は、その作中人物に対して「マイナス面を深くえぐろうとせず、ひたすらプラス面に焦点をあてようとする傾向」があり、露伴自身にとって理想的な人物造形に作り変えていると指摘し、「ひたすら宋江を忠義だ聡明だと称揚する露伴の見方には、『幽情記』や『運命』で顕著に示された美化志向」が認められるとし、露伴には「「忠義」の論理や心情を歌いあげる「前近代的」な面もある。」と述べている。

「硯海水滸伝」を発表した頃の『水滸伝』に関する露伴の文章では宋江については一言も触れていない。「標新領異録」（『めさまし草』巻の二十　一八八七年）の『水滸伝』の合評では、「さて水滸伝中おもしろく描かれたりと見ゆるは、予の眼を以てすれば林冲、武松、石秀を描きたる段なり。」といい、「其他賞讃すべき個処はもとより少からざるべきも、厭ふべき節も少からず。」と述べている（ただし、具体例は挙げていない）。「少年時代」（『今世少年』一九〇〇年）では、「児雷也物語とか弓張月とか、白縫物語、田舎源氏、妙々車などいふものを借りて来て、片端から読んで一人で楽しんで居た。」というのに対して、『水滸伝』に関しては、友人の清川が「読本を家で読んで来ては、学校の休息時間に細川や私なぞに九紋龍史進、豹子頭林冲などといふ談しを仕て聞かせたのでした。」と述べているのにすぎない。

宋江は折りあるごとに「忠義」を説くが、第百二十回で、皇帝から賜った酒に悪臣たちの入れた毒が含まれていたことを知り、自分が死んだあと、李逵が「我等一世の清名忠義の事」を「壊了せん」ことを憂い、密かに李逵にも毒の入った酒を飲ませる。露伴はここに「忠義」の究極的なありようを認め、そこに『水滸伝』の価値を見出したのである。

初出一覧

谷崎潤一郎と木下杢太郎　『大正文学』7　大正文学会　二〇〇五年十一月
一幕物の流行した年　『森鷗外『スバル』の時代』双文社出版　一九九七年十月
谷崎潤一郎と戯曲　『都大論究』第33号　東京都立大学　一九九六年六月
女が女を愛するとき　『妊娠するロボット』春風社　二〇〇二年十二月
一九二〇年代における哺乳をめぐる一考察　『近代日本における『術』概念の変容と再編をめぐる文化研究』科学研究費補助金研究成果報告書　二〇〇七年三月
『乱菊物語』の裏表　『神女大国文』第24号　神戸女子大学　二〇一三年三月
「細雪」と写真　『神女大国文』第18号　二〇〇七年三月
田辺聖子の戦争と文学　『神女大国文』第19号　二〇〇八年三月
変容するテクスト／変容する書き手──『回転木馬のデッド・ヒート』をめぐって──　『村上春樹と小説の現在』和泉書院　二〇一一年三月
「琴のそら音」解説　『近代日本心霊文学誌』つちのこ書房　二〇〇四年四月
「無名作家の日記」解説、「猿の眼」解説　『編年体　大正の文学』つちのこ書房　二〇〇三年四月
谷崎潤一郎全作品事典から　『谷崎潤一郎必携』学燈社　二〇〇一年十一月

安田靫彦をめぐって　『谷崎潤一郎と画家たち』芦屋市谷崎潤一郎記念館　二〇〇八年三月

「森鷗外と美術」展―近代日本における油彩画の変遷―　『日本近代文学』第七十六集　日本近代文学会　二〇〇七年五月

露伴の翻案・翻訳　『『水滸伝』の衝撃』勉誠出版　二〇一〇年三月

【付記】本書に「変容するテクスト／変容する書き手」の収録を御承諾下さった和泉書院廣橋研三氏に感謝する次第である。

あとがき

本書のタイトルに用いた「テクスト連関」というのは、intertextualité のことである。相互テクスト性とか間テクスト性という訳語もあるが、いかにも翻訳語めいているし、「テクスト」のありようをより適切に表しているように私には思える「テクスト連関」を用いることにした。

この説明で了解していただけるだろうか。というのは、二〇一三年十月二十七日に開催された日本近代文学会関西支部のシンポジウムで、質問した方の発言におや？ と思ったからである。関西支部は年二回大会を開催しているが、二〇一三年度春季大会（六月一日開催）から四回にわたる連続企画として「文学研究における〈作家／作者〉とは何か」というテーマでシンポジウムを開催することになった。その「趣旨」（『日本近代文学会関西支部会報』第17号 二〇一三年五月）は、次のように書きだされている。

かつて、〈作家／作者〉は、作品の唯一のよりどころであり、その作品は思想それ自体を表したものとみられてきた。だが、「作者の死」（R・バルト）の宣言以降、テクストから構成される概念へと位置を移したことで、以前の役割とは異なった相貌を見せるに至った。

先の発言は「作者の死」を実在した人物の生物的な死と解しているように私には思われた。「趣旨」では、ロラン・バルトに従って「作品」と「テクスト」を使い分けているが、その違いは共有された認識になっているのだろうか。一九八〇年代に大学院の先輩の方にすすめられて、私はバルトの著作（もちろん翻訳で）を読みあさった。当時の私がバルトの考えを十分理解したわけではない。なにしろ、「作者の死」ではバルザック、マラルメ、ヴァレリー、プルーストに言及しているのだが、彼らの名前は知っていたにしても著作（もちろん翻訳で）は読んだことがなかった。作品を作者の思想を論じるための素材とみなし、主人公（男性である）は作者の思想を代弁しているとする文学研究のありようにもの足りないものを覚えていた私が、バルトの論述を自分の都合のよいように受けとめたまでのことである（このたび、「作者の死」と「作品からテクストへ」を読み返したが、さほど理解が深まったわけではない。以下に述べるのは、私の関心に合わせた受けとめ方にすぎない）。

バルト（一九一五年～一九八〇年）の「作者の死」(La mort de l'auteur) は一九六八年に発表された。花輪光氏の翻訳が『物語の構造分析』（みすず書房　一九七九年十一月）に収められている。バルトは、「批評は今でも、たいていの場合、ボードレールの作品とは人間ボードレールの挫折のことであり、ヴァン・ゴッホの作品とは彼の狂気のことであり、（…）と言うことによって成り立っている。」という。一九七一年に発表した「作品からテクストへ」(De l'oeuvre au texte) では、「人々は（…）作者による作品の占有を要請する。作者は作品の父であり、所有者であると見なされる。」という。つまり、「作品」は作者と切り離しがたく結びついているわけである。それに対し、「テクスト」は作者に還元されない。「作者の死」では、次のように述べている。

テクストとは多次元の空間であって、そこではさまざまなエクリチュールが、結びつき、異議をとなえあい、そのどれもが起源となることはない。テクストとは、無数にある文化の中心からやって来た引用の織物である。

もともと、「作者の死」にしても「作品からテクストへ」にしても短い文章である（翻訳で七千字前後である）。「テクスト」についても詳しく論じられているわけではない。「テクスト」（一九六九年）であり、「テクスト連関」に関する理論を展開したのは、ジュリア・クリステヴァの『セメイオチケ』（一九六九年）である。クリステヴァは、一九四一年ブルガリアに生まれ、一九六五年パリに留学し、高等研究実習院でバルトのセミネールを聴講した。西川直子氏は、『クリステヴァ』（講談社　一九九九年二月）でバルトのテクスト論の発展はクリステヴァの存在ぬきにはあり得なかったと述べている。『セメイオチケ』所収の十一篇の論文のうち五篇が、原田邦夫氏の翻訳により『記号の解体学―セメイオチケ1』（せりか書房　一九八三年十月）として刊行された。クリステヴァの論述は私には理解がむずかしかった。ただ、フェノ―テクストとジェノ―テクストからテクストは成り立つとクリステヴァが論じていることから、意識と無意識から性格は成り立つという精神分析の所説を連想し、バルトの説く「テクスト」のひろがりに対し、クリステヴァの説く「テクスト」は単体に収束するように思った。そのころ読んだ前田愛氏の『都市空間のなかの文学』（筑摩書房　一九八二年十二月）から多くを学んだので、なおさらそう思ったのかもしれない。

『都市空間のなかの文学』では、二葉亭四迷の『浮雲』を、文三のいる二階の部屋とお政やお勢のいる一階の奥座敷の対比から論じた「二階の下宿」や、黒井千次、後藤明生、古井由吉の小説を団地という新しく開けた空間から論じた「空間の文学へ」などを読んで目のさめる思いがしたが、とりわけ強い感銘を覚えたのは、漱石の小説を東京の山の手のありようから論じた「山の手の奥」だった。前田氏の次の指摘には目からウロコの落ちる思いがした。

同時代の作家の誰よりも流動する山の手空間の意味するもの、そこに刻みだされたさまざまな生のかたちに執拗にこだわりつづけたのは夏目漱石だった。

漱石といえば、作品を素材に作者の思想を論じる文学研究がきそって取り挙げる存在だった。一方、前田氏は、「とりわけ、初期三部作から『彼岸過迄』にかけての漱石の作品は、ゆたかな先住者と新来の生活者とのあいだに惹きおこされるドラマが、山の手空間の枠組のなかでシッカリ描きこまれている。」といい、「門」における「ゆたかな先住者」である坂井の暮らしぶりを説くのに、「瓦斯暖炉が適度に室内をあたためている主人の書斎」を取り挙げ、次のように述べている。

このガスストーブがはじめて新聞広告に登場したのは明治三十四年、その対象は銀行、会社、商店、紳士の居宅ということになっていた。

文化研究が一般化した現在では、『都市空間のなかの文学』の新しさはかえってわかりにくくなっているかもしれない。しかし、私は「テクスト連関」の具体的な実践を認めたのである。一九八七年七月に発表した「痴人の「愛」」で、谷崎潤一郎の「痴人の愛」とアメリカ映画の受容を関わらせて論じたのは、『都市空間のなかの文学』の影響をうけていよう。

本書の中で「テクスト」ということばは、村上春樹の『回転木馬のデッド・ヒート』を取り挙げた論文のタイトルに用いただけであり、論文の本文中には用いていない。しかし、本書の発想の基盤には私なりに理解した「テクスト」、「テクスト連関」があると自分では考えている。そもそも、私の文学研究は、作品から作者を切り離し、もっぱら作品のことばを手がかりにして作品を分析することだった。ところが、いつのころからか、そうした作品分析に対する興味がうすれてきた。今から思えば、「痴人の愛」を一九二〇年代における写真をめぐる状況と関わらせて論じた「「痴人の愛」のテクスチュアリテ」（一九九七年三月）が一つの転機になったのかもしれない。それ以降に書いた論文、すなわち、本書に収録した論文の多くは、ほかの作家の作品との対比や作品が発表された時代のさまざまな社会事象との連関などから論じている。ある一人の作家を特別な存在として個別に扱うのではなく、「テクスト連関」において相対化してとらえようと試みた。作家自身の自作に対する発言であっても、そのまま受けとるのではなく、ほかのテクストを参照して検証した。「文学研究における〈作家／作者〉とは何か」を考える場合、〈作家／作者〉を相対化してとらえる観点が必要だと思う。

二、三年前から体力・気力のおとろえを覚えるようになった。これからは自分のために時間を使おうと思い、二〇一四年三月に退職することにし、神戸女子大学在職中に書いた論文をメインにした論文集を出版しようと思った。自費出版のつもりでいたところ、知り合いの方が相次いで翰林書房から著書を刊行され、御恵与くださった。その内容を興味深く読んだことはいうまでもないが、装幀などの本づくりに心がひかれた。そこで出版をひきうけてもらえないかと問い合わせた。翰林書房の今井肇氏、今井静江氏は御快諾くださった。お二人に深く感謝するものである。私の研究活動にとってまたとない幕引きをすることができた。

安田　孝

二〇一四年四月十四日

【著者略歴】
安田　孝（やすだ・たかし）
1950年　東京都に生まれる
1978年　東京都立大学大学院博士課程退学
1991年　東京都立大学人文学部助教授
2001年　東京都立大学人文学部教授
2005年　神戸女子大学文学部教授

谷崎潤一郎
テクスト連関を読む

発行日	2014年5月31日　初版第一刷
著　者	安田　孝
発行人	今井　肇
発行所	翰林書房
	〒101-0051 東京都千代田区神田神保町2-2
	電 話　(03) 6380-9601
	FAX　(03) 6380-9602
	http://www.kanrin.co.jp
	Eメール● Kanrin@nifty.com
装幀	須藤康子＋島津デザイン事務所
印刷・製本	シナノ

落丁・乱丁本はお取替えいたします

ISBN978-4-87737-367-2